U0003743

LOCUS

LOCUS

LOCUS

LOCUS

Smile, please

smile 57 傻瓜的幸福與智慧
(*La Sagesse des Contes*)
作者： 尤杜洛斯基 (Alenjandro Jodorowsky)
譯者：顏湘如
責任編輯：湯皓全
美術編輯：張士勇
法律顧問：全理法律事務所董安丹律師
出版者：大塊文化出版股份有限公司
台北市105南京東路四段25號11樓
www.locuspublishing.com
讀者服務專線：0800-006689
TEL：(02) 87123898 FAX：(02) 87123897
郵撥帳號：18955675 戶名：大塊文化出版股份有限公司

總經銷：大和書報圖書股份有限公司
地址：台北縣五股工業區五工五路2號
TEL：(02) 89902588 (代表號) FAX：(02) 29901658
製版： 瑞豐實業股份有限公司
初版一刷：2004年2月 二版一刷：2009年8月

定價：新台幣 250元
Printed in Taiwan

La
Sagesse
des
Contes

傻瓜的幸福與智慧

尤杜洛斯基(Alejandro Jodorowsky) 著
顏湘如 譯

目錄

東方與蘇非教派的故事

穆拉納斯魯丁的故事

猶太人的故事

印度教的故事

中國人的故事

佛教的故事

尾聲⋯

東方與蘇非教派[1]的故事

I 紅狐狸

有隻狐狸溜進染料坊，掉入一個裝滿紅色染料的槽中。他好不容易從槽裡爬出來逃往森林，卻留下光顧過染坊的痕跡：身上的毛全變成鮮紅色。

這隻狐狸的新外貌讓森林中其他同伴感到既不安又驚奇。他仗著自己與眾不同，很輕易便奪得權勢。其他狐狸由於心生畏懼，也都甘心服侍他，尊他為王。他在這新的群體當中過了一段平靜快活的日子，後來隨著冬天來臨，降雨增多，染料的顏色漸被沖淡。其他狐狸終於發現受騙，而將他驅離。

老實說，年少時的我曾經愛上一個很美的女人，她在一家墨西哥夜總會跳脫衣舞。最後我終於有機會與她共度春宵，卻有幾個意外的發現。當她脫掉鞋子，立刻矮了好幾公分，修長優美的身影也不翼而飛。接著當她取下假髮、假睫毛，卸妝之後，我的夢中情人不見了。她甚至還取出一顆假眼珠！多虧了她，我才真正明白一個人可能受迷惑到何等地步。

後來我發現自己有時候也和這個女人一樣，爲了吸引某些人，便穿上高跟鞋，戴上假髮、假睫毛和假眼珠。倘若效果不如預期，就會變得暴躁易怒。

當時，我的生活就在引人注意與暴躁攻擊之間搖擺不定。由於我在童年時代沒有得到必要的愛與關注，便時時刻刻想從他人身上找到這份感覺，也因此成天想吸引人的目光要不就是傷害人。然而當我傷人之際，卻也有不少受虐狂圍繞在我身邊，享受著我的憤怒與怨恨。

在狄福歷險系列❷的最後一冊中，主人翁狄福藉由內在的「印加爾」❸的幫

❶蘇非教派爲伊斯蘭教神秘主義，主張禁慾。（譯註）
❷狄福（John Difool）歷險系列：《高高在上》(Ce qui est en haut)。
由Jodorowsky與Moebius合作的漫畫系列，Les Humanos出版。
❸在這部漫畫中，「印加爾」(Incal)象徵著內心的神。

助，終於和一位女王結合。兩人結合之後，女王生出了七千八百萬個和狄福一模一樣的人。問題是這些人全都憎恨自己的父親，因爲女王也恨他，且欲取他性命。他們抓住了他，正準備殺他。

有一隻鳥是主人翁的朋友，在女王面前爲他說情。鳥兒說她根本不能恨狄福，女王不明白，鳥兒便加以證明。他問女王：

「您愛他的身軀嗎？」

「一點也不！」女王回答：「他的身軀簡直平凡得不能再平凡！」

「您當他是情人嗎？」

「當然不！我與情人交歡的夜總有如千年般漫長，而他卻連三分鐘都支撐不了。」

「那麼您愛他哪一點呢？」鳥兒問道。

「一種發自內在的光芒。」

「這光芒並不屬於狄福。那是印加爾。假如您愛上這光芒，就表示您愛的是印加爾而不是狄福。我們只會恨自己所愛的人，既然您不愛他，自然不可能恨他。」

愛受到辜負而生恨。假如你不愛某人，便不可能恨他。想想看：所有恨你的人其實是希望能得到你更多的愛。

我們和父母之間便是如此：我們對他們既愛又恨。我們心中怨恨，因爲他們讓我們愛的需求落空，但在我們內心深處卻是深愛著他們。

坦誠面對這份深藏的愛才是擺脫怨恨的最佳方法。坦誠面對我們的愛，也坦誠面對我們愛人的能力。

2 美麗的法露佳的情人

有一天，君主哈倫普薩買到一名世上前所未見的美麗女奴，並瘋狂地愛上她。君主將她納爲愛妃，寵愛她到了有求必應的地步。然而令人不解的是，美麗的法露佳卻開始有厭世的念頭。她心焦難耐、悶悶不樂。她的身體一日不如一日，藥石罔效，儘管全國最好的醫生竭盡全力，也無法使她振作康復。君主憂慮不已，便召來全國最有智慧的人。智者前往探視這位封閉在沈默與憂傷之中的寵妃，他坐在年輕妃子床邊，雙手握住她的手，說道：

「跟我說說您的村子吧。」

妃子便說了關於自己的村子與雙親。老者摁著她的手腕又說：

「我現在要爲您念念國內各村莊的名稱。」

當他念到札卡的時候，妃子的脈搏加速了。

「啊！札卡村裡有您認識的人嗎？」

她的脈搏又再次加速。智者循循善誘之下，這才發現妃子熱愛著該村的蹄鐵匠。

他向君主報告這個發現的同時，也提出以下的建議：

「信士們的長官❹哪，假如您希望心愛的女子恢復健康，便將此人召進宮來爲他安排差事，並成全他與您的愛妃！」

哈倫普薩於是陷入兩難：是要永遠失去自己如此心愛的女人，或者放棄她成全另一人？

他終於還是死心，將蹄鐵匠召來，讓這兩個相愛的人結合。一連數日，宮中到處充斥著小兩口熾熱的愛戀。這回卻輪到君王痛苦悲泣了。他又再度召喚智者前來，哀切地說：

「幫幫我，我已經陷入絕境。」

智者遞給他一個小瓶，說道：

❹這是阿拉伯人對哈里發的一種尊稱。（譯註）

「把這藥水交給御廚，命他每天在蹄鐵匠的飲料中加入一滴。藥水的毒性會慢慢發作，幾個月後，您的情敵便會拱手讓位。」

君主照做了。過了不久，蹄鐵匠果然食慾大減，人開始變瘦且精力盡失。宮中的廊道上再也聽不到小兩口的歡愛聲。正如智者所預言，蹄鐵匠幾個月後便去世了。

此時，已經盡情享受過戀愛的美麗妃子，終於對情人死了心，回到一直耐心等候著她、對她呵護得無微不至的君王身邊。

哈倫普薩也因爲找回心愛的人而重獲生的樂趣。

這則故事是蘇非教派的偉大聖哲法里都丁阿塔(Fariduddin Attar)講述的。

對這個故事我們不該驟下結論，也不該將它看得太淺顯。蘇非派的故事總是需要一定深度的解讀。

故事中的年輕女子由於沈迷於對蹄鐵匠的愛戀，而感受不到國王對她的愛。她這是肉慾的迷戀，只是一種表象，根本不是發自內心的眞愛。這個故事暗示我們應該尋求超越肉體的更深層的關係。這也可以說是一則象徵著神化過程的寓言。

國王是我們自身的一部份，妃子是另一部份，蹄鐵匠又是另一部份——亦即自我。只要自我不消滅，靈魂（或稱本質）便無法到達神境。我們自身有一部份緊抓著肉體與慾念不放，只要我們的靈魂不擺脫這一切，便找不到它的國王。而隱藏在這些表象背後的才是眞愛——神。

3 哈桑的湯

有錢有勢的哈桑爲了跟隨阿布度埃芬迪(Abdul Effendi)大師學習，放棄了自己的財富與地位。儘管他在阿布度埃芬迪身邊獲致不少成果與進步，大師卻發覺他仍不改驕矜之氣，這是他從前位高權重所養成的缺點。阿布度埃芬迪決定給他一個小小訓誡，便喚他前來說道：

「你到市場去買四十公斤的羊肚，背在背上扛回來！」

哈桑立刻出發前往位於城區另一頭的市場。到達之後，他買了羊肚放到背上。血淋淋的羊肚少不了弄得他全身髒兮兮的，而他卻也不得不以這副狼狽模樣穿過大半個城區，將羊肚背回去。他是個出名的大富豪，因此途中每遇一人都讓他痛苦萬分。雖然表面上顯得毫不在意，內心其實深感屈辱。

回來以後，大師吩咐他將羊肚送到廚房，好爲整個社區準備羹湯。但是廚子說他的盆子不夠大，裝不了這麼多羊肚。

「沒有關係！」大師望著弟子說：「你到社區專屬的肉品店去向老闆借一個盆子！」

這家肉品店位在城區的另外一頭，哈桑不得已仍得帶著滿身的髒污前去。同樣地，途中每遇一人都讓他的傲氣重重受挫。受盡屈辱的他把盆子帶回到廚房，然後才去梳洗。稍後，大師將他喚來，說道：

「現在你再回到市場去，每遇到一個人就問他有沒有見過一個背著羊肚的人！」

他向每個路人問了這個問題，所有人的回答若非否定就是含糊其詞：沒有人見過這樣一個人，就算見過也不記得他的長相了。

回到社區後，大師要他以同樣方式再走一趟肉品店。結果還是一樣。誰也沒有注意到一個帶著盆子、滿身血跡的人。

當哈桑向阿布度埃芬迪報告自己查問的結果時，阿布度埃芬迪說道：

「你瞧，誰也沒有看到你。你以爲大家會注意到你的外表，其實根本不是這麼回事，是你把自己的目光投射到別人身上。」

當晚，大師大宴賓客，他邀請客人們喝湯：

「今天晚上，請和我們一同享用這道以哈桑的尊嚴與榮耀熬成的湯。」

湯變成了「以哈桑的尊嚴與榮耀熬成的湯」，因爲哈桑能夠接受屈辱並徹底捨除傲氣。

有些人出於傲氣——也就是說害怕別人的評價——而無法自在度日。事實上，他們以一種過度嚴苛的眼光投射於世人身上，也以這種眼光看待自己，而這種眼光則來自於父母親爲他們造就的超我。他們只用超我的眼光看待世人，然後便自以爲受到世人評判，其實評判他們的是他們自己。

我們應該瞭解一點：我們其實是用看待自己的目光來看待他人。我們對自己有什麼感覺，世人便會對我們有同樣的看法與感知。假如我們自覺十分誠實，世人便不會懷疑我們的品行。相反地，假如我們自覺鬼祟，便會引來猜忌與疑心。

洞悉自我感知的方式是很重要的，因爲這種自我注視的目光，正是決定我們與世人會維持何種關係以及關係好壞的關鍵所在。

4 養路工與鑽石

某日，亞力山卓城的一名養路工在打掃道路時，發現一顆美麗絕倫的寶石。他驚嘆之餘心想道：

「這是鑽石嗎！我要拿到珠寶店讓人驗一驗。」

他立刻去找專家。專家對他說：

「這的確是鑽石。問題是我們這裡無法估計它的價值，若想估價，你得到英國去。」

「英國！！！」養路工驚得目瞪口呆：「我要怎麼去呀？」

「這是你的問題！」

工人變賣了所有家當，並找上一名有船的海盜，對他說：

「我只有這顆鑽石……我必須前往英國請人估價。等我到了英國、賣掉鑽石，就馬上付錢。」

海盜答應了。他命令手下爲這名新船客準備上等艙房，對他十分禮遇，因爲這是個有錢人。

行程還算順利。不料有一天吃過飯後，養路工在桌上睡著了，鑽石就放在身旁。他熟睡之際，有一名船員進來打掃艙房。他也沒留意，拿起餐巾往船外一抖……鑽石便連同食物碎屑一起落入海中……

這個阿拉伯工人醒來後，整個人都嚇呆了。他知道自己的處境非常危險，因爲他已無力付清旅費，下場可想而知。他暗忖：

「如果我現在露出馬腳，那麼就死定了！……我要保持笑容，等著看事情會如何發展。」

他果眞這麼做了。他裝出從容不迫的模樣，若無其事地走出艙房。接下來的旅程中沒有再出其他問題。儘管這個工人成天提心吊膽，外表卻絲毫沒有顯現出來，海盜也依然對他恭恭敬敬。有一天，海盜對他說：

「我有件很重要的事想請您幫忙。您是個有權有勢的人，我對您十分敬重。您也知道船上載滿小麥，問題是到了英國，有關當局一定不會相信我。他們可能會要我繳交一些雜七雜八的稅…也可能會說這批貨是我偷來的…我不知道他們會怎麼找麻煩，但是爲了避免這一切，能不能讓我把貨登記在您的名下？」

養路工二話不說便答應了。海盜又說：

「到了英國，我們再商談細節。我會給您一筆佣金。」

海盜讓他簽了幾份文件，養路工於是成爲整船貨物的主人。

到達英國之後，海盜以高價賣出貨物，眼看已經擁有巨大財富，竟突然心臟病發作而猝死。結果出售所得便落到這位養路工身上，最後他不但逃過一劫還成了富翁。

養路工確實是幸運脫險了。這則故事的寓意在於：此人得以死裡逃生全賴他的忍耐。遇到危難他能處變不驚，繼續裝作若無其事。

這則故事說的是勇氣與集中心神。

有時候我們發現了喜悅的泉源，心滿意足、樂在其中，但厄運卻緊接著來臨。例如，一個女人正和一個男人享受著激情的高潮，說巧不巧，她的兒子卻在同時出了車禍。於是這場意外將使她無法享受歡愉。或者像另一個人，家庭美滿事業成功，眼睛卻忽然長了瘤。

此時此刻，不管是什麼原因破壞了你的歡樂，你都要勇敢堅持，不要放棄。無論是否有希望，都要懷抱信念堅持下去，等著看事情會如何發展。

5 乞丐國王

在某個東方國家，有一位國王深受臣民愛戴，每天晚上他的床上都鋪滿臣民爲他摘採的鮮花。有一晚，宮殿屋頂上響起一陣腳步聲，驚醒了國王。他爬上屋頂，看見兩個可疑人物似乎在找什麼東西。

「這麼晚了，你們在這裡找什麼？」他問來人。

「我們在找一頭駱駝。」

「你們瘋啦？！……你們怎麼可能在這屋頂上找到駱駝？」

「那你呢，你怎麼可能在鮮花床上找到神？」他們回答。

國王受到這句話的啓發，隨即離開宮殿，希望成爲托缽僧並跟隨一名大師學習。這位大師是個織布工，因其貴爲國王之尊而拒絕收他爲弟子。但國王十分堅持，還說自己如今只是一名乞丐。織布工終於被他說服，將他留在身邊。五年當中，他始終謙卑地清洗布料。

大師的妻子可憐他，有一日便對丈夫說：

「你應該可以對你的弟子開釋了。既然他想得到智慧，就給他吧。」

「他還沒有準備好！」織布工回答。

「他可以了！是你弄錯了！」妻子反駁。

「不。當他走過你的窗下，往他頭上丟垃圾，你再瞧瞧！」

稍後，織布工的妻子趁著弟子走過窗下，拿起垃圾桶往他頭上倒。滿身垃圾的弟子憤怒地瞪著她，大吼道：

「我要是國王，絕不會有人這樣對我！！！」

大師於是肯定地說：

「你瞧，他還沒有準備好。」

又過了五年，大師對妻子說：

「我的弟子終於準備好了！」
「他跟以前沒有兩樣呀！……」
「不。你再像上次那樣做，就會知道了！」
弟子走過窗下時，被倒了一身垃圾，只見他抬起頭說：
「願神保佑向我倒垃圾的人！我這才發現我的心靈還裝滿了垃圾，我得趕緊釋放掉。」
於是，大師對他說：
「來吧，我要爲你開釋，然後你便可回到俗世，世人需要你的智慧的幫助！」
不久之後，他辭別導師，一身乞丐裝扮回到昔日的王宮。他在河邊清洗身子，剛好遇見出外打獵的宰相。宰相是個善良忠心的人，他認出國王，便對他說：
「這十二年來，我爲您照料孩子、宮殿與國內的一切事務。吾王呀，回來吧！這一切都屬於您。」

「你看這根針！」乞丐國王回答道。

只見他拿出一根針丟入河裡，然後對他的宰相說：

「你去幫我把針找回來。」

「這不可能呀！！！」

「爲什麼？」

「因爲針已經被河水沖走。我得花上好幾年的時間才能搜遍整條河，而且也不一定能找到。我在都城有百萬根針，您跟我來，我把所有的針都給您！」

「不，我就要那根針！」

「但這不可能呀！！！」

「不可能？⋯你瞧！」

國王在河岸邊彎下身子，唱起一首宗教導師們才會唱的神秘曲子，立刻有一條小魚將頭探出水面，嘴裡正叼著那根針。小魚把針交給國王後，國王轉身又把針送到驚詫已極的宰相眼前，對他說：

「你看！我都已經找到了眞理，又何需擁有王國呢？」

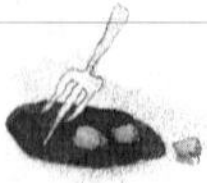

在新約中有一小段章節題爲：「從魚口得稅銀」(馬太福音一七：二四-二七)，其中耶穌對魚也有類似的舉動：

「到了迦百農，有收丁稅[5]的人來見彼得說：『你們的先生不納丁稅嗎？』彼得說：『納。』他進了屋子，耶穌先向他說：『西門，你的意思如何？世上的君王，向誰徵收關稅丁稅？是向自己的兒子呢？是向外人呢？』彼得說：『是向外人。』耶穌說：『既然如此，兒子就可以免稅了(意思是說他身爲上帝的兒子，便無須納稅)。但恐怕觸犯他們，你且往海邊去釣魚，把先釣上來的魚拿起來，開了他的口，必得一塊錢[6]，可以拿去給他們，作你我的稅銀。』

魚的口中有財寶和魚應國王的要求找回珍貴物品，有異曲同工之妙。

彼得和所有的弟子一樣，也和平常一樣並不相信耶穌。終須有復活的奇蹟才能使他們不再懷疑、獲得啓發。自我也是一樣。只要未曾認清本質，便會存疑。

當彼得到達聖殿，守衛問他說他的先生納不納稅。他說納，因爲他不相信耶穌。他不敢說先生是聖殿的主人，所以不用納稅。

耶穌必須顯現奇蹟來證明自己是眞實王國——亦即內心王國——的主人。身爲內心王國的主人，他同時也是王國深處的主人，是埋藏的寶藏與使者(小魚)的主人。我們之中沒有任何人擁有這條小魚。

我們是缺乏信心的弟子，耶穌是王國之主，小魚還有那枚錢幣則是我們深藏的眞理。

這則故事有什麼含意呢？新約中這段鮮爲人知的章節，竟有如一篇童話故

❺所有的猶太人每年都需繳一回給聖殿的稅銀。

❻相當於四個古希臘銀幣。

事。

這條小魚必定十分神奇。讓魚兒上鉤好像很殘忍，但仔細想想，這個釣鉤其實象徵著有意識的追尋。你往自身投入一個釣鉤。

假如你不下定決心從自身尋找，便永遠也找不到源頭。我指的不是你痛苦的源頭，而是你寶藏的源頭，因爲我們都擁有一份寶藏。要找到這份寶藏，一方面信念自然十分重要，而另一方面則必須捨棄某些東西。就和故事中的國王一樣。此外還必須具備將針擲入河裡、將思想擲入下意識中的勇氣。我們必須有這樣的勇氣，必須敢於超越防線，超越所有束縛我們的語句，諸如：我做不到；我被難倒了⋯等等，往自我的深處探尋，那條象徵意識的小魚必能滿載而歸。

這則故事⑦裡的國王對宰相說：

「我既已進入主宰著全宇宙、人間、地獄以及其中所有生物的天主的殿堂，要你的王國又有何用？請你走吧，你想怎麼做就怎麼做！我對你的王國再也不感興趣。」

換句話說，我對於外在的王國再也不感興趣，因爲我已經找到自己的王國，並在其中發現了寶藏。

❼這則故事摘自一本名爲《神秘東方故事集》之書。

6 小象

有一群苦行僧正緩緩前行，他們已經幾天找不到東西吃。餓著肚子的僧人渴求俗世食糧更甚於追求心靈的提升。突然間，有一隻小象從他們身邊經過，橫越過道路。走了幾步之後，一名正在靜思冥想的智者警告他們說：

「我懇求你們，不要吃這頭小傢伙，否則你們可能會悔恨莫及。」

苦行僧們聽了很不高興，回他說他們從來沒有過這樣的念頭。然而，當他們一走出智者的視線，便立刻抓住小象，殺了、烤了來吃。他們當中只有一人拒絕參與殺小象、吃象肉的行動。其他人填飽肚子後，便開始呼呼大睡。沒有進食的僧人並未熟睡，他在半睡半醒之間看見一個巨大的身影正悄悄地靠近。那是小象的母親。母象把鼻子伸到他頭上，嗅了嗅他的氣息，然後便走開了。

她接著又走到其他僧人身邊，一個個地嗅著，她在他們的氣息中嗅到孩子的氣味，便將他們一一踩死。唯一倖存的正是那名克制住口腹之慾的僧人。

六

魯米(Rûmi)的這則故事有兩種不同的解讀方式。

第一種解釋：當你的內心受到污染，這份齷齪便會流露於外而毀滅你。倘若髒污了你的嘴巴、你的大腦、你的性器和你的心，你以爲會有什麼結果？等著被你的下意識摧毀吧。我將母象比做下意識。總有一天你會被下意識所毀，因爲你受到污染卻毫無反應。

這樣的解釋似乎說教意味太濃，但我覺得這種觀念有時候挺管用的。

例如，我看過一個懷孕的年輕婦人吃相非常難看，我從未見過有人這樣狼吞虎嘯。她見我如此驚訝，便向我解釋說她小時候都用手吃東西，所以有時候一不小心就會故態復萌。我盡可能委婉地對她說：

「你現在懷了身孕，最好多加留意，一方面要注意吃的東西是否乾淨，另一方面要注意吃相是否難看，也就是說疏忽了禮數。如果你想有好的胎教，這一點需要加強！尤其是你吃東西的方式。同樣是吃一塊糖，慢條斯理和迫不及待便有差別……一定得遵守禮數。另外一點，你要注意食物的品質，要改變一下！你進食的方式顯示出你對童年的固戀。你繼續吃著童年時代吃的食物並非爲了充飢，而是因爲你對當時的食物有一種情感依附，你無法脫離出你的焦慮。」

我們向一個焦慮的人所問的第一個問題應該是：「你怎麼吃東西以及你吃什麼東西？你要對生活上這個物質層面瞭然於胸。你希望藉由心理專家的良方或是佛洛伊德或榮格的引述文字脫離焦慮，但最重要的卻在於塔羅牌的錢幣花色（五芒星），也就是肉體！看看你目前都吃些什麼，爲什麼？」

至於這則故事的第二種解釋，我們可以說沒有吃小象的僧人就像一個拒絕進入人世的齋戒者（小象即是神賜的糧食）。相反地，其他僧人都領受了聖糧。神（母象)到達時,嗅出了誰吃掉她的孩子,並將他們踩死,代表她讓他們與自己融爲一體。死亡變成一種轉化。領受聖糧的人獲得轉化,戒食者卻沒有。

7 葡萄

一個波斯人、一個阿拉伯人、一個土耳其人和一個希臘人，飢腸轆轆地在沙漠中遊蕩。波斯人幻想著「angûrs」的滋味，希望能立刻嚐一嚐。阿拉伯人說要是能吃到「inabs」更好。土耳其人反駁說以他們目前的情況，吃「uzums」才最合適。希臘人則更極力強調「iztafil」的好處。

四人互不相讓，爭吵了起來。正當他們要開始動手之際，有一位智者剛好從旁經過，他問清他們爭吵的原由之後，立刻安撫道：

「你們就別再吵了！你們說的其實是同一樣東西。你們都想吃葡萄。葡萄波斯話叫『angûr』，阿拉伯話叫『inab』，土耳其話叫『uzum』，希臘話叫『iztafil』。」

我想自我也有四個中心，每個中心各有其表達方式：思想觀念是大腦語言的體現，情緒是心靈語言的體現，慾望是性器語言的體現，行動則是軀體語言的體現。這四個中心彼此互不溝通，各自爲政，因此我們需要某種內在的智慧——我稱之爲第五元素——爲我們翻譯這四個中心的個別語言。它的角色就是負責讓這四種語言皆能相通，讓大腦可以瞭解心、性器與身體，讓心可以瞭解大腦、性器與身體，依此類推。

這是葛吉夫(Gurdjieff)學說中的一項重要論點。這則故事將此論點闡述得十分明白。

8 我們的熊朋友

有名獵人正沿著河岸走，突然面臨一齣大自然的悲劇：一隻巨大的鱷魚咬住了一頭熊的爪子，正試圖將熊拖入河中。獵人毫不猶豫便拿起卡賓槍射死鱷魚，救了受傷的熊。熊的脖子上戴著項圈，原來是紮營在幾百公尺外的馬戲團的熊。從這一刻起，熊對救命恩人便顯得十分感激且熱情萬分。

不久，獵人帶著他新交的熊朋友前去造訪馬戲團團主。他和團主商量想買下這隻蹠行動物，理由是他一直獨居，如今好不容易找到一個朋友可以彌補生活上的空虛。「那就一言爲定。」團主終於在獵人的堅持下屈服了。

獵人開始和熊一起生活，熊對新主人則是照顧得無微不至。

有一天，獵人想小睡一下，便請同伴將那些在他臥鋪上方嗡嗡鳴叫，吵得叫人頭暈的蒼蠅趕走。獵人睡著之後，有隻蒼蠅躲過了熊的嚴密監視，停在熟睡獵人的額頭上。無論熊怎麼揮舞爪子都趕不走蒼蠅，他一心想讓朋友好好睡覺，便決定採取非常手段。只見他舉起一塊巨石，搬進獵人的房間，往蒼蠅頭上砸下去。這一下蒼蠅死了，熟睡的獵人也死了。

蘇非派的這個故事是說：寧可要敵人也不要愚蠢的朋友。

我這一生維持了多少愚蠢的情誼呢？我浪費了多少時間在無益的關係上呢？曾有多少次朋友們到家裡來喝茶閒聊、打發時間呢？又有多少次有人來找你對你說：「他們走了。我有兩個小時的空檔要打發。」

我少年時期爲許多人填補了生活的空檔。他們把我當成他們生活上的一件家具。

今時今日，你的生活中又攪和著多少頭「熊」呢？

9 密室

阿亞茲年輕、俊美、聰明、善良，因而成爲國王的寵臣。國王總會徵詢他的意見，對他百分之百信任。爲了堅定彼此的情誼，他送給阿亞茲許許多多禮物，阿亞茲也因爲國王的慨贈而小有財富。

他的地位難免會加深其他朝臣的妒恨，他們一心希望他失寵，便千方百計地想破壞國王對他的信任。由於阿亞茲每天都會在一間小室中，關上好一會，朝臣們心想終於逮到他表裡不一的證據。他們以爲他在裡頭藏了貪污所得的事物，便急忙將他們的懷疑告知國王，並請求國王前往密室揭穿這個叛徒的

眞面目。

國王經不住激憤的群臣催逼，又深信愛臣的忠心，便答應他們的請求以杜絕這種種謠言。他命人撞破密室的門，帶著朝臣一同進入，衆人一看無不瞠目結舌，因爲室內空無一物。他們沒有發現爲了掩人耳目而藏在裡邊的金山銀山，卻只看到一雙老舊的皮涼鞋和一件滿是補丁的舊外套。國王不解，便召來阿亞茲問他爲何如此珍惜這些破舊的衣物。阿亞茲謙卑地回答道：

「這是我進宮時所穿的舊衣舊鞋，我每天來看這些衣物，就是爲了提醒自己從那時起您所給予臣下的一切恩賜。」

現在的我很喜歡去探究自己內心的想法。我的夢就像是上天的禮物，美不勝收，我也不再會做噩夢。每當我意識到：現在的感覺眞的很好，我就會稍稍回想過往，我會想起自己是歷經多少痛苦才擁有如今的生活，而這樣的生活又已經跟隨我多少年。在至少二三十年間，神經官能症可說是我一日三餐的主食。如今入睡前，我會打開心門對自己說：「我不知道自己是否已找到幸福，但畢竟是進步不少。」

10 囚犯和金龜子

有一個人被終生監禁於一座塔頂。他的妻子不願與他分開，便開始著手幫助他脫逃。她捉來一隻金龜子，小心地在牠身上綁上一條細得不能再細的絲線，然後在牠的觸角塗上一滴蜂蜜。她把金龜子置於塔底，讓觸角伸向塔頂。金龜子爲了取得蜂蜜，不斷地往上爬，最後爬到囚犯的窗口。囚犯從金龜子身上解下絲線，開始拉扯。絲線末端繫著另一條稍微粗一點的線，這條線末端繫著一條細繩，細繩末端又有較粗的繩子，最後則是一條牢固的繩索。囚犯將繩索固定在牢房裡，然後便藉由繩索爬下高塔與妻子逃之夭夭了。

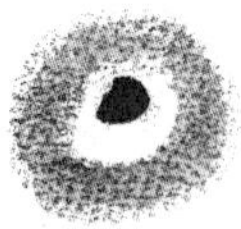

有些知識是一點一滴累積成的。在水壩鑽一個小洞就是很好的隱喻。一開始，水一滴滴地流，接著滴水成細流，然後成河，最後整座湖水都會消失不見。

有時候，從事某項行動或工作時必須按部就班，要有無比的耐心，不要因爲無法立竿見影而苦惱。要有耐心！面對你的朋友、面對眞理…要有無比的耐心！

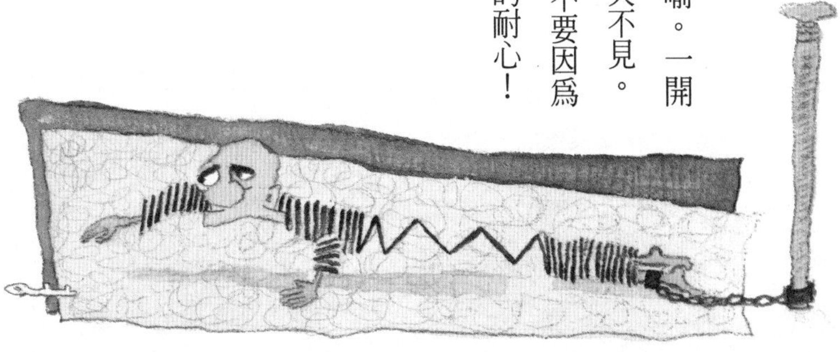

II 因果

在清眞寺尖塔上，一名穆安津[8]正在呼喚信徒祈禱。他由於興奮過度，一時失去平衡而跌落，此時剛好有一位蘇非派大師從尖塔下方經過。穆安津跌在大師身上，使得大師受傷入院。弟子們到醫院探望時，對他說：

「無論發生什麼事您都有說法，關於這件事您怎麼說呢？」

「很簡單。」大師回答：「這顯示因果報應之說並不正確。大家都說有因才有果，播種者必有收穫。然而這一次，卻是穆安津播種，我收穫。」

我們很可能會收穫其他人所播種的惡果。我們並不是生活在一棵樹上，而是在一片森林中。我們或許可以獨善其身，雖然什麼也沒做，世上的事卻仍可能落到我們身上。我們呼吸著同樣的空氣，同樣的病毒。我們全都息息相關。我們應該好好關心這個世界，佔有它，盡力爲它做點什麼。我們與世界是不可分的。別人的錯會由我們承擔。

❽伊斯蘭教的宣禮員。(譯註)

12 只要還有公雞

有一個可憐的工人爲了維持一家生計，到處找工作。有一天，他遇見一個老人對他說：

「我是個聖人。只要你讓我住到你家，爲我供應食物，你就永遠餓不著。」

工人聽了，立刻邀請老人到家裡住。他將老人奉爲上賓，而且不顧妻子反對爲他供應豐盛的食物。這位聖人食量驚人，家裡僅剩微薄的食糧很快就被他吃光了。

有一天早上，妻子醒來後發現家裡已無存糧，怒氣沖沖地將丈夫喚來，說道：

「你看，天亮了，我們卻什麼也沒得吃。你去叫那個無賴走！我不許他再在這裡多待一天！」

工人爲難地走到還在熟睡中的老人身旁：

「大師，公雞啼叫了，天也亮了，但我們什麼也沒得吃……」

「你錯了！」老人睜開一隻眼反駁道：「還有一隻公雞呀！」

（我喜歡這麼想：當他們割斷公雞喉嚨的時候，發現了一顆大鑽石。）

如果有個醫生說要挖掉你的眼睛，第二個醫生也這麼說，第三個的診斷還是一樣，你得再去問問第四個！如果某個人的意見可能對你的人生造成嚴重後果，絕不能輕信他的意見。同樣地，你也絕不能只聽取一個人的意見！

這則故事告訴我們絕不可輕言放棄，只要還有一個機會未曾嘗試，就不能認輸。

13 塔哈爾和香水

自從塔哈爾成爲地下水道工人之後，便成日涉足於排泄物中。有一天下工後，他被一間化妝品店所吸引，走了進去。店裡全是他從未聞過的香味，他深深吸了幾口，想聞個過癮，不料突然身體僵硬，人隨即昏死過去。眾人想盡辦法都無法讓他甦醒，有人讓他吸入嗅鹽，有人輕拍他的雙頰，有人往他臉上灑水，都無效。塔哈爾依然不省人事。

他的父親聽到消息連忙趕到店裡來，隨身帶著一個裝滿排泄物的小盒子。到了現場，他走到塔哈爾身邊，將盒子打開伸到他鼻子底下，幾秒鐘後塔哈爾醒了，對於自己竟然在這種情形下甦醒感到不可思議。

這是十二或十三世紀的蘇非派大師魯米講述的故事。

在到達本質的某些層面之前，我們必須先歷經一種深度昏厥，換句話說我們必須先自我棄絕。

如果感覺到內在出現一種更高更新的層面，我們就必須自我棄絕才能到達。假如我們仍維持原狀又企圖進入該層面，便會面臨重大危機。這將不再關乎重生，而是關乎昏迷與病變。

在我們內心，有一些化妝品店與下水道並存。我們不能從一邊一下子跨到另一邊，而是得一步一步慢慢來，以適應新的環境。循序漸進並不容易，也正因爲如此，我們才會以鑽石的切磨藝術來比喻心靈的修行與進步。

14 乞丐與吝嗇鬼

有一天，乞丐敲著一扇門想乞求施捨，他對前來開門的人說：

「您能不能給我一點麵包？」

「當然不行！」屋主回答：「我這裡又不是麵包店。走你的路去吧！」

「那麼是不是能給我一點肉？」

「更不可能！我又不是開肉店。走吧！」

「那麼有一點麵粉嗎？」

「沒有！我家不是磨坊！別再囉唆了！」

「那麼幾塊錢也好，能不能給我幾塊錢？」

「夠了！我可不是開銀行的！出去！」

「既然您什麼都不能給我，」乞丐仍不死心：「至少讓我在您的屋簷底下歇一歇，好嗎？」

「坐那兒吧！」吝嗇鬼不耐地指著屋內一張椅子說。

乞丐一走進屋裡就開始方便起來。

「你這是在做什麼？」屋主驚愕地大喊。

「在這麼沒用的地方，除了拉屎之外，我想不出還能做什麼！」

這還是魯米的故事。

倘若我不慷慨，還有何用？屋子可象徵自我與自我的一切財富。如果我不懂得分享所有，被當成茅廁也是理所當然。

15 國王的寶石

有一日，蘇丹將大臣一一召來，向每個人展示一顆精雕細琢的珍貴寶石。

他問第一位大臣：

「你估計這顆寶石價值多少？」

「陛下，」大臣回答：「這至少價值六頭騾子能夠背負的黃金。」

「你的估價沒有錯。」蘇丹說。

接著他遞給大臣一把榔頭，並將寶石放到他面前，下令道：

「砸了它！」

大臣驚恐萬分地往後退，最後才結結巴巴勉強說道：

「陛下，萬萬不可！這乃是無價之寶。我不能這麼做！」

蘇丹給予重賞之後，命他坐在自己身旁。接著他召來第二位大臣，反應和第一位一樣。第三、第四位和其他所有大臣，都沒有例外。所有的人都蒙受重賞，圍坐在蘇丹身邊，這時蘇丹傳喚了他最寵愛的奴隸。他拿出寶石，要奴隸估計其價值，奴隸回答道：

「我不知道。寶石太貴重了，我無法估價。」

「那好，砸了它！」蘇丹將榔頭遞給他，命令道。

奴隸拿起榔頭，毫不猶豫地一下便將寶石砸碎。大臣們氣憤萬分，而蘇丹更是哭得激動。

「我在這裡並不是爲了拒絕砸碎寶石接受賞賜，」奴隸辯解道：「對我來說，聽從主人的命令比這顆寶石更重要。」

在某些時刻，如果我們想前進，內在的聲音——亦即內在的主人——又下了命令，那麼有些事物即使再珍貴，我們也不得不犧牲。有時候犧牲的是榮耀，有時候是藝術生涯或伴侶或重要的工作等等。遵從召喚可能要付出極大的犧牲。

16 驢子不見了！

某天傍晚，旅者隨同僕人和馱滿貨物的驢子來到一座小城。在客棧前，他對僕人說：

「我要進去喝杯奶，你好好看著驢子！」

進入客棧後，他看見一群蘇非派信徒正在一同唱歌跳舞。他們邀請他加入，並建議他以「驢子不見了」爲頌唱主題。旅者很高興能參與如此崇高的修行活動，他認爲驢子象徵著一個人必須擺脱的自我，便欣然同意了。他開始唱歌跳舞，投入之深甚至到了渾然忘我的程度。

過了片刻，當他打算啓程上路，卻發現驢子不見了。他怒斥僕人：

「你這傢伙幹了什麼好事？我不是叫你好好看著驢子嗎！」

「我去通知您說有人要把驢子牽走，」僕人懊惱地說：「卻看到您很高興地唱著：『驢子不見了！驢子不見了！』所以我也就算了。」

這則故事給我們的啓示是：不能隨便和人唱歌！我們和他人的關係要小心選擇。要小心留意，但不要流於偏執。

穆拉納斯魯丁的故事

有人稱他為穆拉納斯魯丁(Mulla Nasrudin)，或摩拉納斯洛丁(Môlla Nasrodine)，或克拉(Ch'ha)，或約哈(Joha)，或多多(Toto)等等。他有各種不同的國籍，其中又以東方為多。他存在於中國和其他東方國家…他時而愚蠢，時而高尚。他在這個故事裡是個遊民，另一個故事裡又成了貴族，身份地位變化自如。有時候甚至變成蘇非派的大師。

嚴格說來，他的經歷稱不上有趣，但卻是口耳相傳，流傳甚廣，甚至還被蘇非派大師們用來作為傳授教義的工具。

為了方便閱讀，我們在以下各則故事中，一律將他的名字統一為：穆拉納斯魯丁。

17 牛軋糖

穆拉納斯魯丁經過一家糖果店，很想吃牛軋糖。雖然他身無分文，卻還是走進店裡吃了起來。過了一會，店主遞上帳單，但穆拉卻毫不理會。店主於是拿出棍子將他痛打一番。不過，他打他的，穆拉還是吃個不停。他暗自歡喜：

「多好的城鎮啊！這裡的居民眞是體貼！竟然拿著棍子逼你吃牛軋糖！」

沒有任何人事物能轉移穆拉的目標。他一箭射出，飛箭便盡心盡力地追逐標的——他要吃牛軋糖。

若將這則故事轉換到闡釋教義的領域中，你可以說牛軋糖是眞理，是你的基本食糧，而生活的歷練則讓你越來越接近它。你和穆拉一樣承受著打擊，但不要氣餒，你要說：「多美麗的人生啊！它使我飽足！它努力地讓我領悟重要的眞理，並得以自我實現。」

人生給予我們諸多磨練，迫使我們有所成就。假如意識到這點，我們就會接受人生的教訓。

18 九枚或十枚！

有一天晚上，穆拉納斯魯丁作了個怪夢：有個富有的陌生人來找他，給了他九枚金幣。穆拉拒絕道：

「爲什麼只給九枚？再多給我一枚，剛好可以湊個整數。」

那人不答應。穆拉十分堅持並一再懇求，就在爭辯不休之際他醒了。他望著兩手空空，都怪自己的臭脾氣才會喪失這份意外的禮物！於是，他重新擺好入睡的姿勢，閉上雙眼，伸出手來哀求道：

「好吧，就給我九枚金幣好了……」

有一位嫁到法國來的阿爾及利亞年輕女子來找我，希望我用塔羅牌幫她算一算。她是學建築的，也對建築很有興趣。但是，她發現自己無法在法國從事這一行。我問她：

「你爲了這個男人離鄉背井，你一定很愛他吧？」

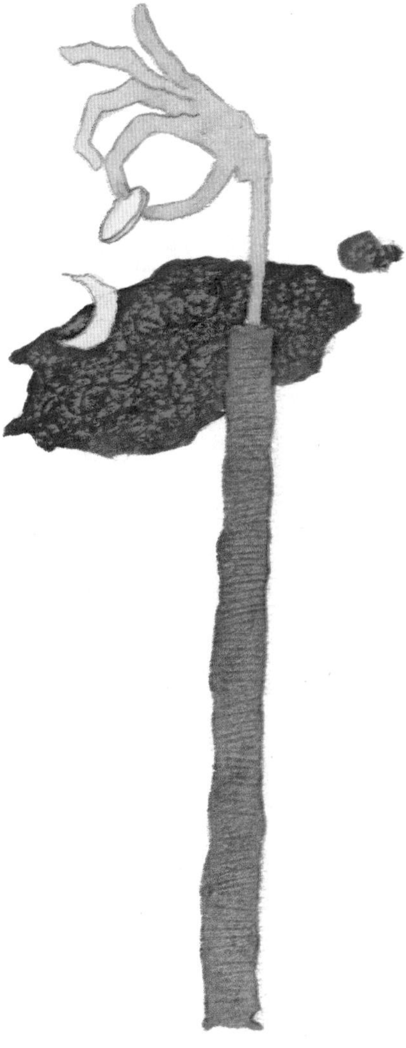

「是的，我很愛他。」

「這麼說你是犧牲了自己？」

「是的，但我並不快樂。」

她抽到的牌是「上帝之家」。

這張牌中有一座高塔。我對她說：

「你這張牌是建築物。對你而言，建築很重要！」

我的助理建議道：

「你也許能從事室內裝潢呢？」

這名女子身上沾了一些污漬，因為她剛剛做了絲絹印染。她聽了馬上點點頭，表示有此可能。我又說：

「你有輕微的憂鬱症。你離開家人來和這個男人一起生活，從此就陷入矛盾的情緒之中。你因為離開親人而痛苦，卻又離不開丈夫。你無論是在這裡或在那邊都不舒坦。

「說到底你就是不接受那九枚金幣。其實，人生正要送給你一份大禮。你在巴黎有你的至愛，又只要搭兩三個小時的飛機就能見到家人。你說你想找工作但找不到，自己創造呀！不要再求人了！事實上，你去找工作就是爲了被拒絕，爲了讓自己有理由說那邊比較好，爲了表達自己與母親分開的抑鬱與懊悔。然而，你卻擁有一切。你有九枚金幣。在這裡從事絲絹和其他工作吧！做室內裝潢！做你想做的事，然後每個月或每兩個月去探望母親一次，這就夠了！」

因爲我們想要十枚金幣，所以無法珍惜此時此刻的所有。我們這是孤注一擲，不能全要就什麼也不要。

一般人總會抱怨，認爲自己擁有的永遠不夠。人一旦有所希求，便是永無止境。但是舊約上是怎麼說的？舊約上說：「有智慧的人便有福，因爲他滿足於自己的命運。」

如果我們對今日的所有不知足，擁有再多也無益，我們永遠都不會滿足。就讓我們接受那九枚金幣吧！要懂得把握…否則可能一覺醒來，原本擁有的那一點點也被收回了。

19 紅辣椒

某趟旅程中，穆拉納斯魯丁來到一個村落！他在市場上看到一種前所未見的熱帶水果，看似十分美味，便好奇地在攤位前停下腳步。他對小販說：

「這些果子看起來很不錯，我要買一公斤！」

他帶著買來的果實心滿意足地重新啓程。走了一會，他拿出一個美麗鮮紅的果實大口一咬，整個嘴巴立刻麻辣辣的。他滿臉通紅，眼淚都流出來了，卻還是繼續吃。有一個路人已經觀察他片刻，便上前問道：

「您這是在做什麼？」

「我本來以爲這些果子很好吃。心想一個不夠，就買了一公斤。」

「我知道，但您爲什麼還吃個不停？這些可是紅辣椒，非常辣的。」

「我現在吃的不是辣椒，」穆拉大喊道：「是我的錢。」

我們曾經為了獲得某個位置，或是為了建立夫妻關係或其他事物而費盡心力，雖然錯了卻依然堅持到底：我們這是固執地吃著辣椒。故事裡的辣椒，就是我們付出的努力。我們還不夠虛心，無法承認自己錯了，所以繼續把自己擁有的一切投資到辣椒身上。

如果到了某個時刻我們想要改變，就得虛心地說：「我錯了。我買了一公斤無法下嚥的辣椒，讓我蒙受損失。我要跳脫出來，重新開始。」

「我和這個女人共度了三十個年頭。」或者「如此愚蠢的生活我已經過了二十五年。」

「你有兩個解決之道：讓你的人生重新開始，或者這段關係無須結束只須重整。」當我們和某人共同生活多年，彼此的關係必須重新調整，讓它更上軌道。不要巴著一個已經過時的老舊架構不放。要告訴自己：

「年輕時候，我曾爲家人勾勒出一幅理想的藍圖，但多年過去，願景也改變了。我不能繼續過這樣的生活：我要重新安排一切。」

20 穆拉的釘子

穆拉納斯魯丁遭逢厄運，不得不賣掉父親留給他的房子。有一個行事不擇手段的人，想趁此機會以極低的價格向他買下房子。穆拉很清楚自己碰到土匪了，但卻還是接受他出的價格，只不過附加一個小小條件。

「什麼條件？」

「您瞧，那面牆上有根釘子！……那根釘子是我父親釘的，也是他唯一的遺物。我可以把房子賣給您，但我希望保留這根釘子的所有權。只要您答應這個條件，我就接受您的價錢！……當然了，我有權在釘子上掛任何我想掛的東西！」

買主心想房子裡的一根釘子沒什麼大不了的，便也不放在心上。他問穆拉：

「您會常來嗎?」

「不,不會常來⋯」

於是買主放心地答應了他的條件。他們公開正式簽署買賣合約,合約上並註明釘子的所有人是穆拉納斯魯丁,可由他任意處置。新買家得到了房子,隨即帶著全家人搬進去,直到有一天穆拉來了。

「我可以看看我的釘子嗎?」

「當然可以!請進吧!」主人客氣地回答。穆拉進屋後,在釘子前面凝神靜思,然後便離開了。

過了幾天,他帶著一個小相框又回到這裡,相框裡是父親的照片。

「我可以看看我的釘子嗎?」主人讓他進屋,穆拉便掛起相框(條件規定)。

接下來一次,他拿來一件外套和一件長袍。

「這些是我父親生前的衣服。我想掛到我的釘子上!」他對已經稍有怒氣的主人說。

不料有一天,穆拉竟拖著一頭死牛出現在門前。主人驚愕地問道:

「您帶這具牛屍來做什麼?」

「當然是想把它掛在我的釘子上囉!……」

他說完立刻動手,無論震驚不已的主人如何苦苦哀求,他都充耳不聞。被請到爭執現場的警察有鑑於合約內容,也認爲穆拉沒有錯。雖然情況對屋主十分不利,他卻只能無奈地任由屍體發臭。過了些時候,穆拉又帶來一具屍體掛到同一根釘子上。沖天的臭氣讓屋主實在受不了,不得不趕緊逃離。而穆拉的屋子也因此失而復得。

從這則故事我們可以得出兩種解釋：一是正面，一是負面。就先從正面的解釋開始吧！

且讓我們把屋子視爲自我的象徵。如此一來，釘子則可視爲修行的起點。從這個點開始，我可以藉由漸進式的修習成爲屋子的主人。

曾有一個人請我用塔羅牌爲他占卜，他問我：「我到底是誰？」我附在他的耳邊回答道：「你不是別的！你就是上帝！」

那人反駁道：「不可能。我不懂。」說完就走了。他不想把上帝掛在他的釘子上。對他而言，這是不可能的。他只能住在一棟空屋子裡，沒有釘子也沒有本質。

我們經常處於相同的情形，將我們的「屋子」廉價出售。也就是說我們進入人世時，以微乎其微的代價犧牲了我們的本質。

我對此人說：

「你之所以到這世上來，不是因爲有人希望你來，而是…」

「因爲我自己想來！」

「不！是因爲宇宙如此安排，這是唯一原因！」

我們毫不費力便能察覺到有太多事物在阻礙我們出生、成長，而我們此時此刻能存在於此，只不過是服膺宇宙的旨意——這個遭到我們徹底遺忘的宇宙。

現在，來看看另一個可能的解釋！這則故事向我們提出警告。故事建議我們要隨時提高警覺，以免有人進入我們的私人世界釘釘子。即使只是接受這麼一小根釘子，都可能有失去一切的風險。

最近，有一位參加我的講座的記者要求要採訪我。通常，我除了宣傳藝術作品之外並不接受採訪。舉辦講座、用塔羅牌占卜的尤杜❾並不需要宣傳。但這回我破例答應了。對他來說是件好事。對我來說是嗎？……也許吧。

他要求我允許他帶一名攝影師。這點我也答應了，條件是他只能在講座開始前，在咖啡廳裡爲我拍照。攝影師到了之後，馬上對我說：「我不能在這裡爲您

❾作者以Jodo馳名於法國漫畫界(BD)，他本身也是一位塔羅牌專家。(譯註)

❿法國著名占星專家。(譯註)

拍照呀！人太多了。要拍照得到您府上去，在您的私密空間裡才行！請跟我約個時間！」

這個人已經構思好我應該拍什麼樣的照片。我沒有答應，他仍不死心地說：

「眞是太可惜了。將來損失的將會是您。我們原本可以拍出很美的相片。」

我回他說：

「我沒有什麼好損失的。我對於拍一張美美的相片沒興趣。我不想進入這樣一個世界！您如果想拍照，就在這裡拍！拍不拍隨便您！」

關於擺姿勢照相，我是不會讓步的。如果我讓他釘了這根釘子，死牛的屍體不久就會出現：我會變成電視上的太陽先生或者月亮先生，成爲太陽夫人[10]的搭檔。

即使一丁點的讓步都是自己家中的一根釘子。大腦給予我們的幫助就在這方面。它時時刻刻扮演著監督的角色，不讓任何人到我們的世界裡釘上不屬於我們的釘子。

我對抽煙的人並無意見，但是看著他們抽煙卻令我難過。每根香菸都是一根釘子。每個經驗，每件我們所接受卻又不屬於我們的事物，都會一再地讓牛屍進入自己家中。

我經常提到一個科學實驗。如果我們以文火將水加熱，水中的青蛙完全不會感覺到水溫逐漸升高，便如此毫無反抗地接受死刑，直到被煮熟爲止。

同樣地，事物也是逐漸腐敗，因此在每件事物入駐之前便須將它驅離。你要馬上制止別人釘釘子。

倘若發現水滾了，我不會等到明天才跳出來。我一旦察覺生活中有什麼事情不對勁，就會馬上採取行動。最好能學會說不！要懂得說：「不，我不會照你的話做！」當然，如果有人拿一把手槍抵住我的太陽穴要我聽話，我還是會乖乖服從。但是，如果我有權表達自己的想法，那麼我就會在我認爲必要的時機使用這個權利。

有個可憐的女人常常被人搭訕，還有過一些不可思議的性愛經驗，只因爲她無法說出：「不！」我可不會像她那樣。她厭惡自己的處境，卻又不敢拒絕。沒有人教她如何拒絕，甚至於每當她試圖拒絕時總會遭到怪罪。

然而，當我們懂得說不的時候，說「好」便另有一番滋味。

21 穆拉，你的耳朵在哪裡？

有人問穆拉：「你左邊的耳朵在哪？」他將右手舉過頭，然後摸著耳朵說：「在這！」「你爲什麼要這麼做？用左手摸同樣位於左邊的耳朵不是比較簡單嗎？」「這樣的確比較簡單，」他回答道：「但我如果和別人一樣，我就不再是穆拉納斯魯丁了。」

換句話說，要做自己(或是感覺到自己)，我就得用這種怪異的方法摸耳朵。

我問我十來歲的兒子對此有什麼看法。他回答說：「我們受制於先天條件，所以每個人都會用同樣的、一成不變的方法來摸耳朵。我身爲藝術家，爲什麼不能隨心所欲地摸耳朵呢？」

這倒是個有趣的觀點。

從穆拉納斯魯丁的行爲可以看出，他想藉由怪誕的舉動凸顯自己、吸引注意。如此一來，我所認同的並非我的本質，而是一些戲劇化的事物。我這麼做不是爲了表現「我的存在」，而是爲了表現「我的不同」，而我以爲與眾不同就是忠於自我。我想這種手法並不正確。存在，就是讓你的不同自然展現。因此，你又何必多此一舉去凸顯自己呢？

22 一個謹慎的人

穆拉問一位農夫：

「如果你想到河裡洗澡，你會怎麼做？」

「這個嘛，我會脫光衣服，然後跳進水裡。」

「你是不是忘了？就算在水裡也要面向麥加。」

「面向麥加，可能吧，不過我得盯著我的衣服比較要緊，有時候會被小偷偷走！」

我問我的禪修導師懷奘（Ejo Takata）：「你為什麼這樣綁腰帶？」他回答我：「為了不讓褲子掉下來。」這句話讓我學到一個好的教訓，一個禪學的教訓：每樣事物都有用處。有必要關門的時候，就把門關上。絕對不要忘記要有實際的精神。要注意現實！我們只要一不留神，便會遠離現實。宗教信仰也不能讓我們脫離現實。眞正的僧人或眞正的信徒絕對不會與現實脫節，他們會保護自己的財產，並對周遭發生的一切隨時保持警覺。

在我們家裡，每當有人掉了瓶子、打翻花瓶或跌倒時，其他人就會叫他：「武士！」被叫的人則會羞紅了臉，因為自己被抓包了。我們玩這種遊戲是因為基本上武士是不會犯錯的。他不能跌跤，也不能打破玻璃杯。

我們無時無刻都必須戒慎小心，否則便成不了眞正的神秘主義信徒。

我曾經去拜訪過阿瑞卡訓練課程(Arica Training)的創辦人奧斯卡伊查宙(Oscar Ichazo)。因為我將在「聖山」一片中飾演大師的角色，所以想向他請教該如何詮釋。他到我家來爲我開釋。我們坐在我的書房裡，沒有其他人在。他拿出一些紅色粉末，對我說那是LSD⓫，接著他又捲了一支大麻煙。當時我四十歲，兩者皆未嚐過。他對我說：

「我現在要爲你開釋，這個是基礎。」

他把LSD溶在柳橙汁裡，請我喝了。我拿起果汁說道：

「爲了我的工作，我的腦子絕不能出任何差錯，所以我希望你可別把它給毀了！」

「不會的。相信我！」

半小時過後，他提議要我抽大麻以加速LSD的效力。我抽了大麻，結果立刻顯現。我馬上開始感受到藥效…眼前出現美麗的事物。窗外，我看到梵谷的畫，接著是魯本斯的畫等等、等等。實在太美妙了。我很興奮，因爲這是我生平第一次產生幻覺。我知道這是幻覺。我對伊查宙說：

「你對我所做的事沒什麼好處。」

「是嗎？爲什麼這麼說？」

⓫LSD，台灣俗稱搖腳丸。(譯註)

「現在要是有小偷或歹徒出現，我將無力反抗。」

他立刻下指令讓我脫離現狀，以免我焦慮不安。不過，我一點也不感到焦慮。我只是對他的方法提出批判，在此同時我猶如置身天堂。然而，我發現這個天堂並不好，因爲在必要時我毫無自衛能力。

悟了禪的大師都能自衛，再小的危險也能讓他們有所反應。若有東西從頭上落下，他們會跳到一旁以求自保。他們讓自衛的本能隨時處於完美、顛峰的狀態，因爲生命神聖，保衛生命也同樣神聖。

當你喪失保衛生命的能力時，就表示你誤入歧途。這是百分之百的禪學觀念。

羅摩克里希納(Ramakrishna)的弟子也許會說我錯了，然而，這位大師卻曾經陷入忘我狀態長達六個月，還得旁人一小匙一小匙地餵他吃東西。這樣的話，他達到忘我又有什麼用？

或許還是有用的，只不過對我毫無啓發。

我可不想陷入忘我之境達六個月，因爲我有家人要養。如果我靠著弟子維生，我的確可以這麼做，但這也意味著在這段時間內，他們得分擔我的工作。

夢23

穆拉納斯魯丁的兒子來見父親，對他說：

「昨天晚上我夢見你給我一百個阿富汗幣。」

「那好，」穆拉說：「你是個乖孩子，所以我在夢裡給你的一百塊錢，就不收回來了。你可以把錢留下，去買你喜歡的東西。」

穆拉像個好老師一樣，教導兒子分辨虛幻與現實。

如果在你夢裡我是個很重要的人，我不會讓你失望。盡情享受你的夢境吧，但你要知道這一切與我無關！然而，假如你有幻覺，自己也要心裡有數。

穆拉對兒子說：「如果你相信這個幻覺存在，就去活在那裡頭吧！我們來看看你能從中獲得什麼，又能用它買到什麼！」他當頭棒喝，兒子也瞭解到夢境的虛幻本質。

其實，穆拉眞正的意思是：「你所追尋的眞理，要往自己的內心去找！你打算怎麼做呢？抹去你的夢！這就夠了！」

「這個男人不愛你！一切結束了！不要再作夢！」「這個女人不愛你！不要再求她憐憫：你眞是盲目！她已經無法再給你什麼！一切結束了！現在起好好過日子！」

小小的眞理勝過偌大的謊言。

想像一下：你結婚五十年，死了以後，另一半卻到你的墳上吐口水。生前，大家面帶微笑等著你的遺產，死後，卻把你塞到祖墳的一角。你再也不重要。生活在荒謬的夢中而從未面對過現實，這是很可怕的事。

24 鴨肉湯

有一天，郊區有個農夫因爲久聞納斯魯丁的大名，想親眼見見這位全國最傑出的人物，便登門拜訪。他以一隻肥美的鴨子做爲見面禮。穆拉納斯魯丁深感榮幸，便留他在家裡吃飯過夜。天亮後農夫回到農村，想到自己在這麼個大人物家待過幾個小時，不禁欣喜若狂。

幾天後，輪到農夫的子女進城來，出現在穆拉家門前。

「我們是送你鴨子那個人的孩子。」

他們受到熱誠的招呼與款待之後，高高興興地離開。過了一星期，這回是兩個年輕人來敲穆拉的門。

「你們是誰？」

「我們是送你鴨子那個人的鄰居。」

穆拉開始有點後悔當初接受了鴨子這個麻煩的禮物。不過他還是壓抑住內心的不快，邀請客人一起用餐。

一星期過後又來了一大家子，全家老小想到穆拉家作客。

「你們又是誰呢？」穆拉又驚又怒地問這群不速之客。

「我們是送你鴨子那個人的鄰居的鄰居。」

穆拉只得強顏歡笑。他把這一大群人請進屋裡，安頓在飯廳。過了片刻，他端來一只盛滿熱湯的大碗，並盡職地爲客人各盛了一碗湯。眾人都感到詫異，其中一人便代表問道：

「尊貴的穆拉先生，這是什麼呢？阿拉可以作證，我們可從來沒見過這樣的湯！」穆拉鎮定自如地回答：

「這是鴨肉的湯汁的湯汁的湯汁，特地爲送來這隻討厭的鴨子的人的鄰居的鄰居所準備。」

鄰居的鄰居的鄰居來喝湯汁的湯汁的湯汁。這則故事在中東民間流傳甚廣。它讓我想到了開釋的智慧。

在某一刻有一個眞理。於是有人開始尋找，但得到的卻是眞理的再版的再版的再版。其實他們什麼也沒有得到。

有些眞理其實是已經沒有鴨肉的湯汁。

25 遺失的驢子

穆拉遺失了他的驢子，於是走遍市集，請求每個人幫他找回驢子。他提出懸賞，只要誰找到驢子，就把驢子連同馱鞍和整副鞍具送給他。旁人問他爲什麼大費周章找到驢子之後，又要送人做爲報酬……

「難道……」他解釋說：「你沒有體驗過失而復得的喜悅嗎？」

我在尋找我的本質、我內心的神，因爲我將它遺失了。我們的文明將它遺失在某一處了。(如果你不喜歡稱之爲內心的神，也可以說是靈魂、下意識、內在天性、本質…隨你高興。)我一生奮鬥就是爲了找回它。我知道在我內心的某個角落，有個東西存在，一種光。當我發現這道光，我很高興能找回自己所擁有的東西，然後我就得貢獻出來，融入這個世界。

所有心靈修行的功課最終都要奉獻自己。沒有任何自我實現的人不需要爲世界、爲宇宙奉獻。

得到愛是爲了分享。當我愛一個人，我在尋找愛情。當我找到愛情，就立刻與人分享。分享的對象不只是我的伴侶，還有她的家人，還有我們共同組成的家庭，還有朋友等等。

獨享的愛是不存在的。愛是一種精神病，一種私心，一種瘋狂。我們兩人一同尋找愛、分享愛，之後才能化爲世上的一道光。

我本來只是單純想找個伴，如今卻多了五個孩子。組成一個家庭並成爲其中一員，這是何等的驚喜！我並不後悔，因爲每個孩子一出世，都讓我的心多開啓一點，他們讓我投身工作、心生焦慮，讓我身歷其境而懂得原諒父母…他們引導我去發現愛，去愛他們每一個人。

出現在你生命中的一切都是一種恩賜。一隻貓、一株植物、一個朋友，一切都是！一個合夥人、一個職員、一個雇主…多麼美好！

26 穆拉買東西

穆拉的妻子叫丈夫去幫她買十二根針，穆拉牽了驢子去載運。他買了十二根針，插在鞍子上。妻子見他回來，驚訝地說：

「你幹嘛帶著驢子去馱十二根針？你的袍子做什麼用？把針插在上頭不就好了！」

第二天，她又叫丈夫：

「去幫我買一些生火的木柴！」

穆拉立刻出發。過了一會他回來了，袍子被一塊塊木頭刺得破破

爛爛。妻子氣得大吼：

「你是怎麼回事啊？看看你的衣服都成什麼樣子了！你爲什麼要這麼做？」

「你不是跟我說袍子可以用來搬東西嗎？我只是聽你的話。」

這則故事讓我想到一個人對眞理或建議的理解方式。

若有人前來徵詢我的意見，我偶爾會建議他們做心靈神術療法(Psychomagie)[12]。進行治療之前，我一定會讓他們說說自己的生活與家族成員。只有在充分瞭解他們的問題以及問題發生的情況之後，我才會讓他們有意識地去做某個動作。

有一個人觀摩了我的幾場心靈神術治療。他是個治療師卻缺乏想像力，因此他將建議分類列出，不管患者是誰全都照單開方。例如，他對所有求診婦女的建議指令都是朝母親丟一把大剪刀，以剪斷彼此之間的臍帶關連。又例如，他會建議所有的患者去買一尊布偶，把一切負面情緒都灌注到布偶身上，然後丟進垃圾桶。他的諮詢意見並未考慮到個人的特殊狀況，全部制式化，且毫無效果，因爲對某人有效的建議不見得適用於每一個人。我們不能開一家心靈神術超市。

以下這則故事，同樣是探討對建議與眞理的理解方式。

⓬心靈神術是尤杜洛斯基發明的一種治療法（靈感得自薩滿教的原始儀式），利用夢的象徵性語言來回答某一特定問題。接受治療者知道自己的行爲舉止都是「超現實」，卻還是照做不誤，因爲他們知道這會影響到自己的下意識。

27 眞理所在

一位智者對穆拉納斯魯丁說：

「你若遇上眞理，就把它抓起來丟入井裡！」

稍後在街上，穆拉遇見一位盲女，盲女請他攙自己過街。

「小姐，請問您叫什麼名字？」穆拉問道。

「我叫眞理。」盲女回答。

穆拉一聽，立刻抓住她丟進井裡去。

穆拉是按字面意思去執行智者所說的話。

眞理並非恆久不變：這則故事將這個事實闡釋得淋漓盡致。眞理的眞實性會因聽話者、陳述者、陳述地點、陳述時間以及其他各種情況的不同而起變化。換句話說，「此時此地」的眞理到了「明天另一個地方」，可能就完全錯了。

28 穆拉的武器

穆拉要出遠門，因此準備了一把大彎刀和一支長矛。途中，有一名僅持棍棒的盜匪找上了他，結果穆拉竟被洗劫一空。他進城以後，把自己的遭遇告訴朋友，朋友問他說既有彎刀和長矛，怎麼會打不過一個只有棍棒的盜賊。

「問題就在這裡，」穆拉解釋道：「我一手拿著彎刀，一手拿著長矛，兩邊都沒空著，你們說我該怎麼辦？」

只要能瞭解下面故事中的文法家，那麼這則故事的含意便很清楚了。

29 文法家

穆拉納斯魯丁是個船夫。有一天，有個文法家搭上他的渡船。途中，文法家問他：「您懂文法嗎？」

「一竅不通。」穆拉毫不猶豫地回答。

「那麼請恕我直言，您可以說失去了大半的人生！」學者語帶輕蔑地說。稍後，風開始增強，小船被水流淹沒。就在沈船的前一刻，穆拉問乘客說：

「您會游泳嗎？」

「不會！」乘客驚恐答道。

「那麼請恕我直言，您可以說失去了全部的人生！」

這則故事和前一則有直接的關連。它告訴我們：「如果一種知識無法應用在現實當中，要這種知識何用？」也就是說，具備無用的知識有什麼用？

有些人把愛經背得滾瓜爛熟，卻無法滿足自己的伴侶。對所有知識瞭如指掌沒有用，一旦進入實用階段，隨便一個手持「棍棒」且懂得使用的人就能將他們擊垮。

讀完這兩則故事之後，我對自己說：「我知道些什麼？我擁有什麼樣的技巧？我在說些什麼？需要去學習嗎？是的，這點很重要，但是最重要的是要知道我們所獲得的知識有什麼用處，然後將無用的丟棄。我寧可利用知識來發展一項我所熟悉，又能應用於現實當中的個人技能，也不想收集成千上萬種一輩子也用不到的知識。如果不加以應用，那麼這一切關於性、愛、利益、祈禱等等的理論有什麼用？這就好像躲在這些學識背後，什麼也不做一樣。」

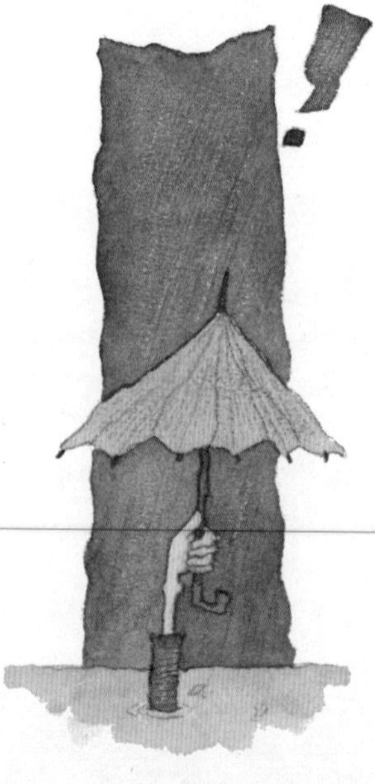

30 經驗至上

穆拉從梯子上摔下來，傷得很重。雖然塗了藥膏、吃了藥，仍是疼痛難當。朋友們來看他，給予安慰。

「還好情況沒有更糟！」一人說。

「幸好你沒有摔斷骨頭。」另一人說。

「你很快就會復原的。」又一人說：

疼痛到了極點的穆拉大喊道：

「你們全都出去！馬上離開這個房間！母親，以後除非是摔過梯子的人，否則一個也別讓他們進來！」

理論不能取代經驗。想瞭解他人，就必須要能設身處地。一個從未受苦過的人，又怎能設身處地爲受苦的人著想？

印度教的心靈導師歷經三千次再生都是完美無瑕，但他們無力幫助他人，因爲他們不懂得人間疾苦。

同理可證，男性治療師若未曾打從內心深處去體驗女性的特質，想像自己有陰道、子宮、卵巢、月事等等，便無法瞭解進而治療女人。同樣地，女性若從未想像自己擁有男性生殖器、有精液、會勃起，也不能瞭解男人。

女人必須藉由冥想這個主題，在自己內心塑造一個男人，男人也需藉此塑造內在的女人，如此他們才能在徹底瞭解情況之後，眞正地進行溝通。

薩伊德巴巴(Saïd Baba)是印度教的心靈導師，他每年有六個月是男人，六個月是女人。他在弟子面前裝扮成女人，誰也不感到訝異。他在不同時期有不同身份，時而爲Shakti時而爲Civa，亦即時而爲陰時而爲陽。他在自身創造出陰陽。

31 輕一點

有一天，穆拉納斯魯丁到樹林裡撿柴。他把柴捆背在背上，跨上驢背，走上回家的路。途中有人遇見他，嘲笑道：

「你爲什麼把柴背在背上，而不讓驢子去馱呢？」

「沒有良心的人哪，這畜生馱著我已經夠可憐的，你們還要我讓牠馱得更重嗎？我是因爲不想增加牠的負擔，才把柴背在背上！」

假如驢子象徵身體、木柴象徵問題、穆拉象徵理智，我們可以說有些人以爲瞭解問題——亦即將問題理智化——就等於卸下了問題的負擔。

「我都瞭解了！」他們會說，但其實他們什麼都不明白。問題依然存在。他們什麼也沒解決，因爲他們自身便錯了。他們扮演著萬事通的模範角色，但卻沒有解決任何問題。

32 穆拉、驢子和袋子

穆拉騎在驢背上，背上背著一只很重的袋子。有個路人問他：

「你爲什麼不把袋子放到驢背上呢？」

「你瘋啦！」穆拉回答：「驢子已經馱著我了，你還要牠再馱這只袋子呀！」

有些人帶著一大袋的憂傷、沮喪、挑釁等等，與你建立了關係，而你就連同袋子一起背著這些人。這些人和他們的垃圾桶全都成了你的負擔。且讓我們尊重他人！也讓我們清掉我們的垃圾桶！

33 全是一群驢，我除外！

穆拉出外去買驢子。驢市被大群的農夫擠得水洩不通。在這混亂的場面中，他聽到某個人說這裡頭不是驢子就是農夫，其他什麼也沒有。

「你本身是農夫嗎？」穆拉問他。

「我？不是…」

「那麼你就無須多說了！」穆拉諷刺道。

有些人總是能事關不己地批判這個世界，他們是一群「outsider」(局外人)。他們說：「世界不是我。我批判它。我不屬於它。」然而，你怎能不是它的一份子呢？世界上所發生的一切都與我們有關。我們不能說這世上只有農夫和驢子。

既然世間發生的一切都與我有關，我就必須學習運用我所吸收到的資訊，也必須懂得分辨對錯。

報章雜誌上充斥著危言聳聽的文章，大幅報導臭氧等等有關地球的問題，但並不是所有的資訊都正確。讓人們覺醒，讓他們採取行動與措施以確實減少地球的污染，這是好事，但只爲了增加銷售量便以聳動的文字造成人心惶惶，卻令人感到遺憾。這是一種有利可圖的商機，玩弄我們的恐懼感之餘，並未提出任何解決之道。

至於解決之道，我們每個人都應該提出只要無鉛汽油的要求。這種汽油在德國是最便宜的，而在法國卻是每公升要比其他汽油貴上一法郎。我們每加一次油，就要因爲降低空氣污染而被罰一百到一百五法郎！！！像德國一樣，把這類汽油賣得便宜一點不是比較合乎邏輯嗎？

何必藉由汽車來毒化環境、攻擊人類呢？那些拒用無鉛汽油的人正在扼殺這個世界，因爲他們自以爲不是其中一份子。他們說：

「世界又不是我，讓它去死吧！」

「好，讓它去死。可是你的孩子將會受苦，你的親人也一樣……」

34 驢子走失了

穆拉的驢子不見了，多半是在鄰近的山區迷了路。可是穆拉不但沒有去找驢子，反而在城裡的大街小巷穿梭呼喊：

「感謝阿拉！感謝阿拉！」

大家都知道穆拉很寶貝他的驢子，也知道驢子遇見狼群會有多危險，不免十分驚訝：

「納斯魯丁，你的驢子不見了，你怎麼還感謝阿拉？不是應該乞求祂幫助嗎？」「你們眞是什麼也不懂。我感謝阿拉是因爲驢子走失的時候，我沒有騎在上頭。」

以下有另一個相近的故事，可以作類似的解釋。

35 穆拉的外套

穆拉在住家的露台上睡午覺，睡醒要從階梯走下露台時，一個沒踩穩竟一路滾下來。

「發生什麼事了？」妻子在廚房裡聽到他跌落的聲響，大聲問道。

「沒什麼。」穆拉勉強起身，回答道：「是我的外套從梯子上掉下來。」

「你的外套？…怎麼這麼大聲？」

「這麼大聲是因爲我裹在外套裡面。」

我用驢子和外套作爲對照。在前一個故事裡，穆拉的驢子走失了，他感謝上帝自己當時沒有騎在上頭。第二則故事裡，跌落的不是他，而是裹著他的外套。

在某些方面，穆拉將自己的一部分區隔開來。這個部分可能是他的獸性(假設那是一件毛皮外套)。行動主體是驢子或外套，不是他。

這就好像我的自然行爲——不是原始行爲——被區隔開來，我則成了自身的旁觀者。自身的區隔就好像是說：「我做了這件事，但那不是我。」「昨天晚上我喝醉了，但那不是我。這是個意外。我從不想喝醉。」「我做了一件壞事，一個毀滅性的舉動，但我不覺得我有責任。我是被迫的。我身不由己。」「我大小便，但這並非我的本意。我是一個

極端注重性靈的人，我絕不可能做這樣的事。那是我的一部分做的。」就像紐約的那位心靈導師，讓四名女弟子懷孕的同時，還在宣導戒欲。

36 小心燙呀！

穆拉正在火上熱蜂蜜，突然有朋友來訪。蜂蜜滾了以後，穆拉請客人享用。他遞給客人的碗很燙，把客人給燙傷了。穆拉便拿起扇子，對著還放在火上的瓦罐猛搧，想把蜂蜜搧涼。

在內心裡，我們每個人也都一樣。我們的蜂蜜滾了，燙傷了我們。我們知道得讓它冷卻，卻又不將火撤離。我們就是不肯改變。

有人來找你說：「我好痛苦，幫幫我！我受不了了！」你看得出此人深受酒精毒害。很顯然他必須立刻戒酒，但要戒酒就得徹底將火移開。但是他不要，他想繼續思考、溝通、愛人，繼續做他平常做的事。他唯一該做的事就是戒酒，但該怎麼做？你如何才能幫助一個堅持走同一條路的人呢？

37 事關棉被

有一天夜裡，穆拉從睡夢中冷醒。天候很惡劣，下著雨又下著冰雹，在一兩聲雷鳴隆隆之間，他聽見屋子附近有人吵架的聲音。

他忍不住好奇，便裹著棉被下床，出去一探究竟。原來是一群小偷，小偷一看到他立刻撲上去，搶走他的棉被然後逃走。

他又冷又怕，全身直打哆嗦，回到屋裡把門關上，便去和妻子擠一張床。

「外面怎麼那麼吵？」妻子問他：「他們在吵什麼？」

穆拉若無其事地說：

「是一群混混在搶我的棉被。到手之後，他們言歸於好，然後就安靜地走了。」

這就是穆拉解釋偷竊的方式，也是他自欺的方式。他爲了替自己辯護而竄改事實。他不肯面對問題，也不肯承認妻子瞭解狀況。

當我們拒絕以眞面目示人，便永遠無法活在現實中。

夫妻若是相愛便能看到彼此所有的眞實面。有時候，我會遇見一些不斷活在謊言當中的夫妻，因爲他們兩人都在演戲。他們從不顯示自己的眞實面貌。要奉獻自我才能建立眞正的愛的關係。

38 非不非是！

穆拉納斯魯丁被傳喚出庭，因爲他的妻子告他毆打。去見法官之前，他先演練說詞。他心想：

「如果法官問我是不是打了她，我就說不是，如果他問我是不是沒有打她，我就說是。簡單！」

到了法庭，法官問他：

「穆拉，你是不是不再打老婆了？」

穆拉吃了一驚，只能結巴著說：

「噗嘶！」

有時候，就得懂得回答「噗嘶」。如果有人問你：「你是不是愛我？」「噗嘶」是比較合理的回答。你無法知道自己愛不愛。就如同拉康(Lacan)所說的「恨愛」。

在愛之中，也會有一大部分的恨。

許多情況下，最好是以「噗嘶」來回答，要模稜兩可，不要讓理智封閉了自己。

39 黑暗中的蠟燭

穆拉在一位朋友家中開懷暢談，不知不覺中天就黑了。

「天黑了，」朋友說：「幾乎什麼也看不見，點蠟燭吧！你左手邊剛好有一根蠟燭。」

「這麼暗，我怎麼分辨得出我的左邊右邊？」穆拉反駁。

穆拉納斯魯丁不認識自己。他的外在關係讓他看見自己的某種「身份」、某種假象。他大白天說話的時候，必須說很多廢話才能在這層關係中凸顯自己，他只活在表象。他不是眞正在體驗自我。

就好像有些人成天把上帝掛在嘴邊，但一回到家裡便忘得一乾二淨。他們從不祈禱。(蘇非教徒主張要有一種公開的祈禱和一種私下的祈禱。對他們而言，若不私下祈禱，公開祈禱也沒有用。)

我們還不禁要懷疑：那些到世界各地演講的大聖人是否會私下祈禱？他們演說的內容是眞正發自內心嗎？

當你們看我的書的時候，我是絕對正面，但言論之外的我，果眞如此正面嗎？這點只有我說得準。我眞的像自己所說的那樣嗎？如果不是的話，我便無法在黑暗中找到蠟燭。

其實，故事裡的蠟燭就是我的智慧、我的明燈、我內心的神、眞理、我的本質，而不是我的表象。假如我活在表象裡，一旦沒有其他人在場，我就會分不清自己的左右，不知道自己是誰。

40 臨時搬家

有個小偷潛入穆拉納斯魯丁家中。穆拉發現了，便躲到角落裡。小偷把所有東西都偷光了。穆拉在一旁看著，跟隨竊賊回到他家之後，才上前禮貌地說：

「陌生人，謝謝你好心替我搬家，把我的財物家具搬離我和家人委屈居住的狗窩。現在，我們可以搬到這裡來住了。我這就去叫我的妻兒馬上過來，不要辜負了你的隆情厚誼！」

小偷一想到要收容這麼一群人，不禁慌了，連忙奉還穆拉的財物，大聲喊道：「全拿回去吧，你的家人和你的問題，你自己留著！」

我們和某些心靈導師、教師、治療師⋯學習的時候，偶爾會遇上類似的情形。

有人爲了竊取知識而與某位大師結交，我就認識幾個。(我指的是冒牌大師，亦即我所謂的「百分之一大師」。)他們進入「百分之一大師」的家中，自以爲可以偷取他的知識，他們偷竊時大師就在一旁，最後大師終於登堂入室，奪走他們的情婦、妻子、兒女⋯

這類大師無一不取。他進駐弟子的家中，直到弟子喘不過氣來。

在日內瓦，有個女人向我吐露一個秘密。從前每當父母晚上出門，她的哥哥就會強暴她(當時哥哥十三四歲，她十歲)。她因此深受傷害，但由於父母和她一點也不親，這竟成了她唯一所能獲得的「愛的表現」。她透過朋友介紹，去看一個比她年長許多的精神分析師。這個精神分析師怎麼做呢?他強暴了她。我開始問她問題，以便瞭解事情發生的經過。老實說她並不樂意，但是她卻沒有做任何制止的動作。她問我是否該離開他。我回答說：

「這得看情形。你其實正是在重複你的秘密，重複你和哥哥之間的情形。」

她接著說：

「他剛剛替我繳了七千瑞士法郎的稅。」

「啊!你這就欠下一筆債了!」

「還有我的車子…也是他付的錢。」

「是啊!這又是一小筆債!」

「而且他已經幫我付了將近兩年的房租。」

「我懂了!眞是個壞蛋!…」

「他已經結婚。」

大師想盡辦法利用弟子的弱點與缺失，進駐他的生活。若想擺脫這種情勢，就得將財物還給他，對他說：

「喏，你的車子、你的七千法郎和你兩年的房租都拿回去！我的債已經償清。我要重新過我的生活。我想我正在重複一種幼稚的依戀，我要收手了。」

「可是我要上哪找這麼多錢來還他？」

「工作！從前你依賴著大師生活⋯現在你要工作！」

41 一杯奶

穆拉納斯魯丁拿著一個小杯子到乳品店去。他對老闆說：

「用這個杯子幫我裝一公升牛奶！」

「我沒辦法用這個杯子裝一公升牛奶啊！！！」老闆吃驚地喊道。

「那麼，一公升的羊奶也好！」

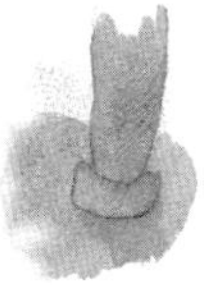

說這個故事給我聽的人，另外還做了以下的註解：「這個小杯子能容納多少

事實就是多少，我們不應該要求更多。我呢，我只能容納一定的量，多了可不行！」

這讓我想起了另一則令人困惑的故事，但有了上一個故事的啓發，也許便不難理解。

42 世上最笨的人

從前有一對兄弟，其中一人總是十分幸運，另一人則不然。缺乏好運的那人過得相當貧苦，有一天他去拜訪住在豪宅的兄弟。到了門口，他看見一個藍色侏儒，便問他：

「你是誰？」

「我是你兄弟的幸運之神。」小矮人回答。

「你能不能來幫我？」運氣不佳的人哀求道。

「不可能。」藍色侏儒答道：「我是你兄弟的幸運之神，絕不可能成爲你的。」

「那我的幸運之神呢？」年輕人問道。

「他是個綠色侏儒，住在這個山頂上。去找他吧！他睡著了。你可以把他叫醒。」

「我要趕快去！」年輕人一想到自己終於找到好運，興奮極了。

於是他開始爬上山去，不料攀過一座巨岩之後，竟迎面碰上一頭凶猛的獅子。運氣不佳的人向獅子苦苦哀求：

「小獅子呀，先不要攻擊我！我要去喚醒我的幸運之神。你可以把你的問題告訴我，他會為你解答，因為他充滿智慧。」

「好吧，我讓你過去。」獅子說：「反正你下山非得經過這裡。我有一個問題。你問問你的幸運之神，為什麼我老覺得餓，我什麼時候才能有飽足感？」

年輕人又啓程上路，並在山頂上找到熟睡中的綠色侏儒。他將矮人喚醒，說道：「等一下！你先不要跟我說什麼，我得先去找獅子。告訴我！他的飢餓感什麼時候才會消失？」

「當他吃掉全世界最笨的人的腦袋以後，就不會餓了。」矮人回答。

於是年輕人便離開自己的幸運之神，下山去找獅子。

「我有答案了！」他大叫：「當你吃掉全世界最笨的人的腦袋，你就會覺得飽了。」

「好極了！我現在要吃掉你，因爲這個人就是你！」獅子說完立刻撲上去，一口就把他給吞了。

我們這裡看到的是一個忌妒自己兄弟的年輕人：他羨慕他的好運氣。但誠如藍色侏儒所說，各有各的運氣。

在他身上，好運對他毫無作用。他太笨了，以致於不懂得把握。愚蠢的人就不該試圖追求別人所享有的，他最好能對自己擁有的一切感到滿足。如果去和別人相比，他可能被毀，但如果他能接受自己的命運，則可能安然無恙。

假如別人得獎我沒有，我不會因而不快。各有各的運氣！如果成功的是別人不是我，也一樣。

43 一坨神聖的屎

有一天，有名商人帶領車隊進入某個村莊。經過神廟前時，他忽然鬧肚子，忍不住只得在廟門前就地解決。村民當場逮住他，把他送到當地法官穆拉那兒去，讓他接受審判。

穆拉問他：

「你是故意侮辱我們嗎？」

「絕對不是！我實在是沒辦法。」

「好吧！你是想接受身體刑罰還是罰錢？」

「罰錢好了！」

「很好。那麼你必須繳一塊錢的金幣給法庭。」

商人摸摸口袋，掏出一枚金幣。他對穆拉說：

「我有一個價值兩塊錢的金幣。請您把金幣切開，留下一半吧。」

穆拉拿起錢幣仔細檢視後，對商人說：

「不，這枚金幣不能切，我留下了。明天你可以再到廟門口去大解一次。」

我想故事裡的穆拉便代表了冒牌大師，對於神聖的事物，他們只看得見有利可圖的部分。

我總會問那些上「靈修」課程的人：「你的開悟

要花多少錢？」有時候很貴，有時候便宜一點。一定有個價錢。但總得合理才行。想得到啓發，一塊錢還好，但兩塊錢就稍嫌貴了。也許在這種情形下，大師所期盼的不是你的開悟，而是你的錢。對於你上課的場所要小心，因爲有時候那可是個廉價百貨店。

44 關於蛋的問題

穆拉納斯魯丁帶著兒子去散步。他們看到地上有個蛋，兒子便問道：

「爸爸，小鳥是怎麼跑到蛋裡面去的？」

穆拉愕然答道：

「我一輩子都在想：小鳥是怎麼從蛋裡孵出來的？而現在又多出個問題了！」

通常我們會自問：我如何跳脫我的問題、我的極限、我的焦慮？如果反問自己是如何進入，也許就能找到答案了。

大師說：「告訴我你自何處來，我便告訴你將往何處去！」

我是怎麼進入這個問題以致於要想著如何跳脫呢？

有一位大師對眾弟子說：「想像你們正被一塊重達六噸的石頭給困住！你們該如何脫困呢？」

許多弟子想出了不可思議的解決之道，諸如在石頭上鑽洞、把石頭炸碎、把自己當成星星投射出來等等。其中一個「傻子」回答道：「就像這樣。」說著他往前踏出一步，彷彿石頭根本不存在。

石頭存在內心，是想像出來的。要想擺脫一塊假想的石頭，就得往前踏一步。

你心中的焦慮與幻想都不是眞實的。那只是錯覺。當我們的心境到達和「傻子」同樣清靜的地步，便再也沒有石頭了。

這個「傻子聖人」的清靜，就是馬賽塔羅牌中「愚者」的清靜。他將所有財富放在小包袱裡。基本上他是富有的，而且始終有伴。但是我們也可以把同一個人看做極度貧窮、老是被狗咬。由你選擇！

要不他就前進，否則就繞著棍棒打轉。

你是想繞著棍棒打轉、讓狗咬屁股，袋子裡還裝滿可怕的東西，還是想基本需求得以滿足、身旁隨時有伴，然後前進、改變、毫無牽掛地當下燃燒？

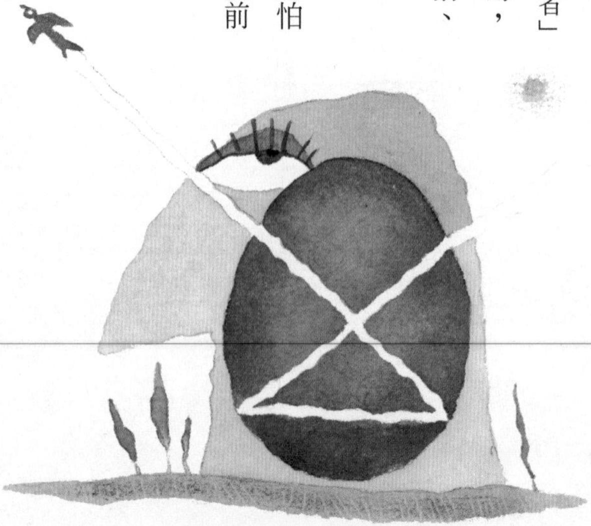

猶太人的故事

45 致富秘訣

有一天，一位猶太母親對兒子說：

「孩子呀，如今你都已經二十四歲，也該想想自己的未來。你父親有個朋友很有錢，你就去找他，問問他如何才能致富吧！」

年輕人聽從母親的建議，與父親的朋友約了時間見面。他們見面時，天已經黑了。

「您能不能跟我說說您成功的秘訣？」年輕的訪客問道。

「當然。」富翁說：「這說來話長。」他向客人瞥了一眼，接著又說：「既然你不做筆記，我們就把燈熄了吧！不用白白浪費電！」

聽了這些話，年輕人便微笑著說：

「我明白了。您已經給了我答案。」

這個年輕人明白了：要想致富就必須節省，必須察覺一切。

這個道理應用到我們所探討的領域，就是說要想得到心靈的財富，也同樣必須非常警覺。不要白白浪費生命。

因此我會問那些來找我諮詢的人，是否研究過家族的心理系譜樹圖，以便瞭解自己將來準備過什麼樣的生活。我們要活在過去、活在我們的創傷裡，還是要活在現在、活在美妙的當下？我們必須清楚瞭解到樹圖遺留給我們什麼，以免浪費我們的生命。

有許多禪門公案提到水的節約，其中含意也是勸我們不要糟蹋自己，也就是說不要只是活在過去或活在未來，而不懂得把握現在。

46 一袋小麥

有一天，兩個飢餓的乞丐來到一位哈西德派教士家裡，向他哀求道：

「給我們一點吃的吧！我們除了這一小袋麥子之外，一無所有。」

教士親切和氣地邀請他們一塊用餐。吃飽後，乞丐感謝教士：

「我們又要出發去乞討一陣子。能不能請你幫我們保管這袋小麥？」

教士送兩人出門，並保證自己一定會仔細看管。

過了一段時間，教士仍不見兩名乞丐回來，心想：

「我該如何處理這些小麥？拿去栽種總比放著餵老鼠好吧？」

於是他將小麥種下，成熟後再收割。一年過去了，乞丐依然沒有出現。教士便將收割後的小麥重新種下。就這樣過了幾年，隨著一次次的收割，小麥堆滿了整個穀倉。

終於有一天，乞丐又出現了，而且比以前更窮。他們和上次一樣，乞求教士給他們一點東西充飢。教士便帶他們前往穀倉，指著堆積如山的小麥說：

「把你們的寶藏拿去吧！」

若想取得這樣的寶藏就必須工作，必須利用資源、利用我們的所有！如果我們什麼都不做，怎麼長得出小麥呢？由一小袋麥子便可能獲得令人意想不到的寶藏。只要我們願意，不管再小的才能或知識都能爲我們帶來財富。

我認識一家人，家中的小孩都沒有上學，成天只是看漫畫。如今他們在做什麼呢？他們開了一間漫畫連鎖店，賺了不少錢。儘管學識不高，他們卻能以自己一生熱愛的漫畫維生。

我們有什麼小知識尚未播種呢？

47 答案

有一名猶太教士在街上邊跑邊喊：

「我有答案！我有答案！誰有問題呢？」

當建造大教堂的學徒在學習的時候，師傅什麼也不教。他等著學徒提出問題。如果一整年都沒有人問問題，他就什麼也不教。提問是讓學習有所進展的唯一管道。

這點在學識的領域中非常重要：沒有問題就沒有答案。你必須從自身挖掘出越來越多的問題。

我越是以塔羅牌占卜，便越覺得在我們的理智中、情感中、性慾／創造力中以及形體／肉體中，都有一道道牆阻止我們向自己提問。

有時候，答案並不在於表現出來的行動，而在於你要走的路。

48 戰力

有個猶太人走進朋友開的店面，對他說：

「你現在馬上借我兩萬法郎的現金！」

「兩萬法郎？！」

「對，兩萬！十分鐘後就還你，外加五百法郎的利息。」

「十分鐘，你根本走不了多遠！恐怕還來不及走出我的視線呢！」

「我並不打算離開你的店！」

店主答應了，便借給友人兩萬法郎。他隨即把錢放進口袋，拿起電話撥了個號碼，和對方交談幾分鐘後，滿意地掛上電話。

「我剛剛談成了一筆很大的買賣！」他一邊說，一邊交還兩萬法郎外加利息。

「你打電話爲什麼需要這一大筆錢呢？」店主驚訝地問。

「因爲談生意的時候，口袋裡有錢的感覺就是不一樣。」

一位女性友人對我說：

「我要到國外擔任一項重要職務，只有我一人能勝任。我打算要求一千五百法郎的酬勞。太棒了！」

我回答說：

「如果因爲只有你能擔任這項工作所以找你，你不應該只要求一千五百法郎，要嘛一萬五千否則就不接。拜託你，出一個符合自己身價的價錢吧！重視你的工作！認清你的價值！如果連你自己都無法定出自己的身價，還有誰會承認你的價值？」

後來她滿面春風回來跟我說：

「眞是多謝你的建議！雇主和我商量之後，答應付給我一萬法郎。我實在太滿意了。」

我回答說：

「你不應該這麼高興。你已經降價了。」

「其實沒有，因爲除此之外，他們還會給我一顆價值五千法郎的寶石。」

「那他們就得賣掉寶石付給你現金，不再跟你討價還價。我們給自己定了身價之後就不能讓步。你的出價就是對自己身價的清楚確認。」

「一般所謂『正常人』是無法看到你眞實的一面，因爲他們也看不到自己眞實的一面。他們幾乎不知道自己的感覺爲何。」

「因爲他們自己的意識模糊，所以他們會以你對自己的感覺來看待你、瞭解你。如果你『灰頭土臉』地到一個地方和人談判價碼，對方會因爲發現你對自己的感覺而開始殺價。相反地，如果你口袋裡有錢，也就是說當你確定自己的價値、不再看輕自己，你的對手便不會質疑你開的價。

「要想確認你的身價，你當然得尋找，並建立信心。當然你也不能再繼續貶抑自己，你要說：『從現在開始，不能再自貶身價了！我要開始付諸行動！我辦得到！我的價値就在於此！我要接受它並堅持下去！』

「此外，認清自己的價値以後會帶給你力量。這股力量不用顯現出來，但你卻能靠著它放心大膽地談你的價碼。」

49 沈睡

有一天，有個人去請教一名教士：

「拉比，我怕死。」

「你每晚睡覺的時候，就當自己要死了！」教士建議道。

過了些時候，這個人又回去找聰明的教士，教士問他有沒有照自己的話做。那人點點頭。

「你有什麼感覺？你睡了多久？」

「不知道。我覺得好像只有一分鐘。我在不知不覺中入睡，醒來的時候，好像才剛剛睡著。」

「對了。」教士滿意地說：「你瞧，人一旦睡著就不會意識到時間的流逝。」

即使你不信神，以下想法也有其正面意義：死後若能重生，你將會立刻重生。就和睡覺一樣。在你醒來之前，不會知道過了多少時間。如果死後有來生，你將會立刻知道，因爲即使已過萬年，你也會覺得好像只「睡了」一秒鐘。

我每天晚上就是帶著這樣的想法入睡。

有一度我發現自己最大的恐懼就是死亡。某天晚上，我對自己說：

「這份焦慮已糾纏我多年，如今這把年紀還要受它牽絆！我受夠了！這樣的我根本無法過日子！而且，我之所以如此擔心，其實是因爲我害怕活著。不管怎麼說，死期到了就是到了。在此之前，我要先把它放到一旁好好過我的日子。

「所以呢死神，夠了！我就獻身於你吧！好

了，我死了！我接受！不用再害怕！這是我最後的一剎那。」

這樣的經驗我一夜又一夜地重複著，心甘情願地將我的意識交給睡眠。

當然當我們這麼做的時候，並不能立刻睡著。我們會進入一種頭腦清晰的狀態，毫無睡意。但只要堅持下去，過了五分鐘、十分鐘，我們就會有如世上最幸福的人，在不知不覺中鼾聲大作。

50 溺水

在沙皇政權垮台前，革命開始之初，俄國人仍未停止對猶太人的迫害。當時的某一天，有一名猶太人自橋上落水，眼看著就要溺斃，剛好有一些沙皇的士兵聽見他的呼救聲。其中一名士兵走到岸邊，大聲問道：

「出了什麼事？」

「我溺水了。」

「你是猶太人嗎？」

「是。」

「那就去死吧！」

這時猶太人開始高呼：

「打倒沙皇！打倒沙皇！」

士兵們聽了立刻將那人救上岸來，並以其政治思想爲由打入大牢。

這則奇怪故事的寓意似乎在於求生本能。在最惡劣的時刻，一定要找出脫險的方法。

這讓我想到另一個故事。

51 兩隻老鼠和一碗牛奶

有兩隻小老鼠跌入一碗牛奶中。由於碗緣實在太高，老鼠被困在碗內，驚慌地游了起來，否則便可能溺斃。他們就這樣竄來竄去好一會，其中一隻絕望了，不再繼續努力。他停止划水之後溺死了。另一隻儘管筋疲力盡仍決心繼續努力，直到用盡最後一分氣力。他不停地游啊游，忽然間牛奶變成了奶油，小老鼠便利用這新形成的固體藉力往上一跳，逃了出來。

我們應該努力到最後一刻，不能放棄，要永遠抱著希望！

52 解放

有一天，一位猶太法典的導師遇見先知以利亞。他問道：

「以利亞，你什麼時候來宣告解放？」

「就是今天，只要你能聽到『它』的聲音。」

「解放」是無所不在，只要你能聽到它的聲音。有時候，某樣可以幫你解決問題的東西就近在咫尺，但你沒有傾聽它的聲音，所以你不知道解答就在眼前。

我們並未隨時準備好接受唾手可得的解決之道。要想得到訊息，就得豎耳傾聽。

53 另一種看的方式

從前有一名教士是個聖人。這名教士有一位助理。某天，有個女人來找教士，說道：

「我丈夫拋棄我了。他會不會回來？」

聖人閉著雙眼回答：

「回家去吧，你的丈夫會回來的。」

助理送女人出門的時候，小聲地說：

「你丈夫不會回來了。」

「你爲什麼這麼說？教士可不是這樣說的。」

「你們說話的時候，老師的眼睛閉著。他沒有看到你，但我看到了！」

這是個「有創意」但惡毒的笑話。

然而，從另一個角度來看，錯的不是教士而是以貌取人的助理。聖人是以心來觀察。他看見了這個女人內在的珍寶與價值，因此他才會說：「你的丈夫會回來。」

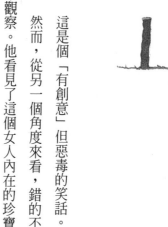

54 千扇門

有個國王命人建造一座宏偉的宮殿，宮裡的房間不計其數，卻只能由一扇小門進入。想晉見國王的人進入宮殿內，看見四面八方都有門，宛如一座迷宮。他們找不到國王。

當王子也來到宮殿見父親，他從那扇小門進入，這才發現其餘的門都只不過是同一扇門的反射影像。他打開那扇門，看見父親就坐在他面前。

這是猶太哲學家馬丁布伯(Martin Buber)在著作中提到的一則神話，據說傳自巴山多大師(Baal Shem Tov)。

這讓我想起中國人所敘述一個關於佛祖生平的故事。

55 千尊佛

佛祖離開五年後，妻子生了一個兒子，並堅稱這是佛祖的孩子。兩年後，佛祖在離家七年之後返回，每個人都私下竊笑：大家都不相信他是孩子的父親，除非是奇蹟發生。佛祖於是說道：

「的確是奇蹟。這個孩子確實是我的，我可以證明給你們看。」他取下戒指，對妻子說：

「你把戒指拿給孩子，讓他親自拿來還給我！」

這時候佛將在場所有的人都變成他的影像。大殿裡頓時充斥著兩千尊一模一樣的佛像。

孩子進入宮殿之後，絲毫沒有被這些幻影所蒙蔽。他直接走到父親面前，把戒指交還給他。

這和巴山多所說的故事並無兩樣。

只要你是個好兒子，也就是說你是個內心充滿忠誠與信心的人，你很容易便能找到自己、找到你的國王、你內心的佛。相反地，倘若沒有信心並向外追尋，你便找不到自己。

56 禁食的狼

森林裡有一隻狼爲了塡飽肚子，毫無顧忌地殺害其他動物，有如一場大屠殺。動物們憂心忡忡，便派代表去向森林之神申訴。森林之神把狼叫到跟前來，對他說：

「狼呀，爲了懲罰你的濫殺，我決定這一整年之內，不許你吃任何一隻動物。這段期間你只能吃草莓充飢。我會賜給你消化草莓的能力。」

「一年！？……」狼渾身發抖哀嚎道：「我怎麼可能辦到？」

「三百六十五個白天，三百六十五個夜晚。少一天不行，多一天也不行！」

森林之神斷然地說：「你要鄭重發誓絕不違背我的處罰。」

狼舉起爪子，鄭重發誓會遵守諾言。接下來的幾天裡，他心灰意冷地吃草莓充飢。他餓著肚子到處閒晃，一心只希望遇上一隻肥羊飽餐一頓。突然間，就在路的拐彎處，他迎面撞上一頭肥嘟嘟的小羔羊。他一時血脈賁張，立刻衝上去一口就把可憐的羔羊咬死。他正準備咬下第一口的時候，想起自己發的誓。

「我怎麼能發這麼瘋狂的誓呢？」狼又苦惱又懊悔。但他轉念一想：

「等等！……其實什麼是白天，什麼是夜晚？當夜晚來臨我就閉上眼睛睡覺，天亮了，我就睜開眼睛。這麼說來，如果我睜開眼睛又馬上閉上眼睛，就能很快地從白天進入夜晚，再從夜晚進入白天。」他深信自己的推理沒有錯，便開始發狂似的眨眼，「一年」也就在短短瞬間度過。然後他便肆無忌憚地大口吃起獵物來了。

聽完這則故事，我眞的是想到了自己，想到自己的作弊，自己的不守諾言。

我們多少都會作弊。我們以爲做了什麼事，其實沒有。我們以爲給予了，其實還握在手中。我們會作弊。

印度教的故事

57 最後的奉獻

在國王舉辦的宴會即將結束之際，眾人都來到黑天⑬面前奉獻禮物。他對奉獻錢的人說：

「你將永遠富裕，並擁有許多錢財。」

他對奉獻奴隸的人說：

「你將擁有許多奴隸。」

這時，有個窮人帶著自己唯一的財富——一頭母牛——前來。他奉獻了一杯牛奶給黑天，黑天喝了之後，往那頭畜生身上一指，母牛立刻死去。眾人無不驚訝萬分。有人對黑天說：

「我不明白。您讓那些已經非常富有的人更加富有，而這個人只有這頭畜生，您竟忍心奪取！」

「這是因爲此人與我之間僅僅隔著這頭母牛而已。」黑天回答。

黑天讓眾人繼續做著發財夢、富貴夢，做著他們內心以爲可以提高身份地位的各種美夢，然而這個窮人卻只要獻出一頭牛，便能達到完全的奉獻。他對母牛的牽掛使他無法觸及內心的神。他無法找到自己。他並未犧牲自己最重要的東西。

日本人有個說法：有一頭母牛被困在一個房間，房間沒有門，只有一扇很小的窗戶。母牛全身從窗戶擠出來，不料尾巴竟卡住了。我們奉獻一切，幾乎什麼都奉獻了，卻留下最後一樣東西不肯鬆手，殊不知這一鬆手便能大徹大悟。

⓭黑天，印度教諸神之首，被視爲三大主神之一毘濕奴的第八化身。(譯註)

58 眼鏡蛇之吻

某個明媚的春日，有個僧人在河邊走著。突然間，他聽見蘆葦叢中傳出巨大聲響，走近一看，原來是一隻蟾蜍。蟾蜍被一條蛇給吞了，但因爲蛇太低估蟾蜍的體積，竟梗在喉頭，既吐不出來也嚥不下去。第二天、第三天，蟾蜍依舊鳴叫不止。一直到了第四天，蛇才終於讓獵物安靜下來。

「如果是眼鏡蛇，」僧人心想：「一定會馬上咬蟾蜍一口，蟾蜍也就馬上死了。」

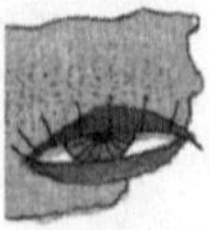

羅摩克里希納的這則故事，很容易便能應用到現實生活中來。例如，有人爲了學習自我成長的技能而上學、上課、加入宗教等等團體⋯其實他們等於是入了蛇口。蛇將他們含住，幾個月甚至幾年都不給予關鍵一擊，使他們始終無法改變。這些人有時候可以跟隨眼鏡蛇修習，只要眼鏡蛇咬那麼一下，就能幫助他們立刻覺醒。

有些時候，我們自己也可能扮演蟾蜍的角色。我們心想：

「我該不該繼續和這個人見面？每次見到他，他總會踢我幾下，讓我難過。」

或者：「我的工作不適合我。我該不該另謀生計呢？」

或者：「我不喜歡我住的地方⋯」

或者：「我不喜歡我現在所過的生活⋯」

爲了不要像被困在蛇口中的蟾蜍，爲了不要猶豫不決，我們應該立即化身眼鏡蛇，對自己說：

「我要馬上改變，就在此時此刻！」

「我抽煙抽得太凶了。我要馬上戒煙！」

「我正在酒吧裡喝酒。其實我已經酒精中毒。我要馬上振作起來！我要戒酒！」

「我需要去看牙醫，我馬上就去！」

「這段關係讓我痛苦，好吧，就此一刀兩斷！」

如果高更沒有這麼做，終其一生，他都只是個銀行職員。但有一天，他對自己說：

「夠了！我要離開！」於是他成了高更。

59 恆河之水

「師父，」一名弟子說：「您教導我們說神在每個人的心裡，但神如此廣闊，我們如何容納得下？」

「你到恆河去取回一升的水。」師父回答弟子道。

水取回的時候，師父驚訝地說：

「這不是恆河的水呀！……」

「這當然是恆河河水，是我親自到河裡去提的！」弟子尖呼道。

「可是烏龜、河魚、泡水的人、船隻、浮屍和淨身的僧人，都到哪兒去了？我一樣也沒看見。這絕不可能是我要

的河水！趕快去把水倒進恆河吧！」

弟子回來後，師父才說：

「現在，你那一升的水與蘊藏著烏龜、魚和先前所欠缺的一切的河水混在一起，這才是恆河之水。」

我們是富有的，極度富有，但在某個層面的意識裡，我們卻只能看見一升的水，而見不到遼闊的大河。當我們連結上無限的寬闊，其中蘊藏的一切也都屬於我們。

當我與世界連結、合而爲一，便是與它同步。我有了力量。我擁有一切。離開了世界，我則一無所有。

60 輪迴

一位信仰神秘主義的聖者與神有約。途中，他遇見另一位神秘主義信徒正在專心冥想。聖者打斷他的禱告，對他說：

「我要去見神，要不要我向祂提起你？你有什麼問題想問祂嗎？」

「你問祂，我還要輪迴幾次才能獲得解脫？我已經度過三世了。」信徒說。

稍遠，聖者又遇到一個瑜珈行者，他正自舞得入神。聖者問了他同樣的話。這位瑜珈行者完全沈迷於舞蹈中，並未理會聖者。聖者想起第一個遇見的人，便建議瑜珈行者也問問神，看他還需要輪迴幾次。行者醉心於舞蹈，只顧著微笑轉圈子。

過了一些時候，聖者回來了，路上再次遇見那位跳舞的瑜珈行者。他對行者說：

「神跟我說了，看你身邊那棵樹上還有幾片樹葉，你就還得輪迴幾世。」

「太好了，」舞者高喊：「如此而已呀！想想這附近森林有多少棵樹，這地球上又有多少森林，全部加起來可有好幾十億片樹葉呢。我眞是幸運！」

後來，聖者又遇上第一位信徒。信徒迫不及待地衝到他面前。

「神跟我說你還要輪迴三世才能解脫。」

信徒聽到這句話，沮喪地跌坐在地，大喊道：

「難道就無一了時嗎？」

對其中一人，三世的輪迴便彷彿難以忍受，而對另一人，數千與無限相比卻是微不足道。前一人在痛苦中修行，第二人則在狂喜中修行。

這世上的人也和故事中的兩位神秘主義信徒一樣，有人活得辛苦，有人活得喜樂。前者不識幸福的滋味，他們一輩子都很苦。

這端看我們是以正面或負面的角度看待現實。一旦認清這樣的情況，剩下的就看你怎麼選擇了。

不久前，有一個六十五歲的男人來向我諮詢。他埋怨說，自己的妻子已經四十八歲，最近卻越來越晚回家。這對夫妻已經結婚三十年。

「你們之間還有性生活嗎？」我問道：「你們之間有有趣的話題嗎？她會爲您準備三餐嗎？」

關於這些問題，此人的回答都是否定。

「那您應該高興才對！您自由了。她再也不是您的負擔。這不是您最幸運的遭遇嗎？」

「的確！」男人說：「但現在該怎麼辦？」

「不用對她說什麼。」我建議：「您做您想做的事，也讓她做她想做的事，這樣大家都高興。何必以負面的眼光來看待你們夫妻間目前的關係呢？」

有些發生在我們身上的事情並不一定是悲劇，有時候也能以非常正面的態度來解釋、面對。

61 新咒語

有一天，有個女人去找拉姆達斯(Râmdas)大師，說道：

「我的師父建議我來找您，因爲您的修行比他更高深。他傳授給我一個咒語，但我希望您能再給我一個。」

「是嘛！他給你什麼咒語？」拉姆達斯問道。

「唵嘛呢叭彌吽。」

「你的師父要我再給你一句咒語嗎？」

「是的。他說您能給我一個最適合我的咒語。」

「好，從現在起你的新咒語就是：『唵嘛呢叭彌吽。』」拉姆達斯最後說道。

我有個朋友瑪汀不喜歡自己的名字，想改名。她纏了我一段時間，非要我幫她起個新名字。我對她說：

「宗教導師才會替人起名字，因爲這麼做他們才能擁有你。如果有人爲你施洗，他自然就成了你的父母。所以呢，拜託你留意一點！親生父母對我們來說已經足夠了！」

瑪汀仍不死心。她堅持地說：

「你說得對，但還是幫我起個名字！」

「好吧！如果你眞的堅持的話，我就純粹以朋友的立場幫你的忙。你覺得阿爾瑪如何？」

阿爾瑪(Alma)就是靈魂，是突如其來的靈感。瑪汀雖然不太喜歡，還是帶著這個名字離開了。

兩個星期後，她對我說：

「其實阿爾瑪這個名字，我不怎麼喜歡。你覺得阿莉瑪如何？」

「阿莉瑪，很好啊。」

她變成阿莉瑪之後便走了，過了兩星期，她再度出現：

「阿莉瑪不適合我⋯我想要一個好聽一點的名字。」

「阿妮瑪呢？」

「好啊！阿妮瑪，我喜歡。」

但才過半小時，她便對我說：

「不了，我想叫做拉菲爾！」

我覺得這個名字聽起來相當男性化，但我仍尊重她的選擇。過了不久，她又來找我：

「拉菲爾太男性化了，我實在不知道該怎麼辦⋯」

這時候，我告訴她：

「你請我為你命名，而我每起一個名字就被你反駁掉，這表示你希望從我這裡得到一個很特別的名字。」

於是我便模仿一個我很熟悉的禪學大師。每當有人問他問題，他並不立刻回答，而是先深呼吸，靜下心來，然後等待著答案自動浮現。有時候甚至得等上一個小時。

我仿效他，答案隨之出現了。我對瑪汀說：

「現在，我要給你最後一個名字！不管是什麼名字，你都必須接受！……你答應嗎？」

「答應。」

「從現在起你將獲得新生，因為我為你起名為瑪汀！」

一開始她很吃驚，隨後便開始露出滿意的笑容。這正是她尋找的名字。

我知道，有時候我們心裡暗自希望獲得父親的認同。我們並不希望他改變我們。我們希望他認同眞正的我們，也就是我們眞正的價值。如果我們需要聽到父親這樣的表白，而他卻不這麼做，我們就不可能感受到眞正的自己。

一定程度的認同，對我們而言是必要的。少了這樣的認同，我們便無法活出自我，也無法活出自己的名字。

62 以萬物爲師

有一位印度的瑜珈行者對於神始終保持沈默感到絕望，有一日便發誓道：

「神啊，如果祢不在三天內出現，我就絕食！」

在接下來的三天裡，先後有一名乞丐、一個瘋子和一條流浪狗從他身邊經過。到了第四天，神出現了，瑜珈行者驚呼道：

「啊！……祢終於出現了！」

神回答說：

「我來看過你三次，你卻沒有認出我來！我曾是乞丐、瘋子和流浪狗。」

萬物都可能爲師。我自己就有幾個曾經幫助我瞭解人類的老師。

例如，冰箱便是我的啓蒙老師之一：

我發現有些人正反映了冰箱的形象。外表冰冷無比，一打開門發現裡面更冷。

另一位老師是一粒穀子。在平凡無奇的外表之下，穀子緊實皺縮的程度其實異常驚人，因爲它蘊含著一整棵樹。我們內心有些部分也同樣地緊實皺縮，唯一要做的就是伸展開來。只要這些穀子不落地，就會一直保持緊縮。沒有發育的穀子會激起無言的憤怒。

還有一位老師，是廚房裡的抹布。唉呀！它慘兮兮地掛在那裡，內心有多少酸楚！它多麼希望能成爲女舞者那件漂亮的短裙⑭！它無法認命。它不想用來清

⑭智利俗諺云：「不要把廚房抹布和芭蕾舞裙混淆了。」

潔，它希望擔任高級一點的用途…同樣地，有許多人不喜歡自己的工作，只會爲自己製造幻想…

我學習的對象還包括一隻烤雞、一台洗衣機等等。

63 躺在地上的一個人

有一個人倒臥在路邊，沒有受傷也沒有死，只是全身覆滿灰塵。有個小偷看見了，暗忖道：

「睡在這裡的一定是個小偷。警察馬上就要來抓他了，我還是趁警察來之前趕快逃吧。」

稍後，有個醉漢踉踉蹌蹌地繞過他身邊，說道：

「這就是酒量不好的下場！喂，老兄！下次別喝那麼多啦！」

接著來了一個智者。他走近後，心想：

「這個人已進入忘我狀態。我要在他身邊靜坐冥想。」

這是羅摩克里希納講述的故事。

我們所看見的人事物都是我們自身的投射。我們眼中的他人並非他們眞正的模樣，而是我們透過自身的投影濾鏡所看見的模樣。

例如，我舉辦了一場修練自我的課程，內容很精彩。在課程中有收穫的人都打電話來，爲他們的進步向我道謝。然而，對課程不滿意的人則說我的狀態不佳、說我很疲倦、說我沒有用功等等。其實我一點也不疲倦，而且做得盡心盡力。

問題就在於投射。投射什麼呢？投射眞正的自己。

64 僧人的貪念

在印度，有一間大廟由多位僧人共同主持。他們每人每月都要在箱子裡丟進一枚金幣，而這枚金幣則是用信眾捐獻的錢去換來的。這間廟宇就這樣順利地運作了數個世代。

有一天，其中一名僧人心中萌生邪念：

「誰也沒看見我放進了什麼。如果這回我放的是銅板而不是金幣，又有誰知道呢？」

這個念頭越來越強烈，最後他終於付諸行動。

輪到他捐款的時候，他果然放進一枚銅板，將其中差額中飽私囊。

當廟方打開錢箱清點的時候，你們猜猜看他們看見了什麼？⋯⋯一堆的銅板！……

這則故事闡述的是一個小小念頭對周遭人的影響。只要你心裡一起歹念，這個念頭就會波及你身邊所有的人。不可思議的是，和你親近的人也會興起同樣的歹念。所以自己一定得檢點。

只要你稍有一點不老實，其他人就會受你感染，和你一樣壞。

65 弄假成眞

有一天在印度，有個小偷潛入一處豪宅。他才剛剛踏進花園，幾隻看門狗就衝上來對著他狂吠不止。此時小偷看見旁邊有一堆灰，便趕緊把灰塗滿全身，然後坐到樹下佯裝打坐。

屋主聽到狗吠聲，連忙趕來。他們看見有人在樹下打坐，不禁驚呼：

「聖人進我們宅子來了！多麼榮幸呀！」

這位不速之客讓他們興奮極了，便送給他許多禮物。他們離開之後，小偷心裡想：

「我只不過模仿聖人，就得到這許多禮物。要是繼續模仿下去，說不定還會見到神顯靈呢！」

藉由佯裝，我們終有一天能得到眞正的體驗。

從假裝無所不懂，我總有一天會懂得一點點。

我們需得藉由佯裝才能成功。我佯裝自己喜歡某樣東西，最後就會眞的喜歡上它。

66 最美的作品

有一天，國王命令兩名畫家創造出最美的畫作，進行比試。兩名藝術家同在一室內作畫，其間僅隔著一道布幔。其中一人畫出一幅美麗絕倫的畫，而另一人則只是竭盡心力與時間將牆壁磨光打亮。

當國王前來觀看結果，布幔一拉開，一邊是頭一位畫家那幅美麗絕倫的畫，而在另一邊牆上，他卻看見了這幅畫的倒影，美麗更甚原畫。

這則故事出自瑪阿南達莫伊(Mâ Ananda Moyî)。有一點不免令人質疑：第一位畫家為了完成鉅作費盡心力，而倒影卻可視為剽竊。

瑪阿南達莫伊回答提出這個觀點的人說：「你是弟子。你磨亮了牆面。但是畫畫的人、盡一切努力的人卻是精神導師。」

某個人為你授業的同時，他也正在為你努力地畫一幅畫。他教導你的時候，你吸收他的學問，就等於在磨亮你的牆面。

中國人的故事

67 神奇的鍋子

有一個農夫在租來的耕地上發現一只很大的鍋子，他興高采烈地把鍋子帶回家，放在廚房的角落裡。有顆洋蔥意外掉進鍋子裡，農夫彎身去撿，兩腳幾乎都離了地。他才剛剛拾起洋蔥，卻愕然發現原來的地方又躺著一顆一模一樣的洋蔥。他將第二顆拾起，馬上又出現第三顆。農夫這才明白這只鍋子會不斷複製鍋內的東西，不禁手舞足蹈歡呼起來。

地主聽到這個消息後，前來討鍋子，他說東西在他的土地上找到，理應歸他所有。農夫卻一口拒絕。他認爲土地既然已經租給他，他就能享有土地和地上一切的使用權。

兩人最後動起手來。縣令的兒子正好打這兒經過，他問明兩人爭吵的緣由之後，便命人立刻將鍋子帶回衙門，等候縣令審理排解。

他帶著稀有的鍋子趕回家中，丟了一把金子進去，金子果然增多，這個貪心的年輕人便開始不停地複製金塊。

稍後，他父親見他在撿拾鍋子裡堆積如山的金子，大聲喝道：

「小賊！你怎麼能拿人家這只鍋子？你眞是敗壞門風！」

兒子三言兩語將事情經過告訴父親。縣令聽了心情才平靜下來，他滿心驚詫地走到鍋子旁邊，也開始幫忙兒子撿拾新的金塊。不料他一時興奮過度，竟失足掉入鍋內。

「兒子啊，救我出去！」可憐的縣令大喊。

「好的，爹！馬上就來！」兒子一面回答一面伸出援手，將父親拉出鍋外。

但是縣令雙腳才剛站穩，鍋子裡便又傳出呼聲：

「兒子啊，救我出去！」

他連忙再次救出父親，但同樣的情形依舊重演：

「兒子啊，救我出去！」

年輕人於是驚覺到，除非他能破除絕對遵從父命的傳統，否則自己這一輩子便注定要不停地救父親出鍋。

想要終止循環就得有所犧牲。

在某個時刻，我們不得不說：

「夠了，到此結束！」

我們大多數的問題也一樣。這些問題掉入了鍋中，光是撿拾永遠也撿拾不完。只要你不下定決心說：「夠了！到此爲止！」你就始終不得脫身。

68 大王與蠻族

經過多次兄弟鬩牆的慘烈戰事後，大王身邊已無一兵一卒，只剩下兩名奴才。有一天，蠻族兵臨城下企圖圍困王宮。大王於是命令兩名奴僕打開所有門窗，而他則坐在樓台上想看看入侵者進城的情形。他悠閒地搖著扇子，注視著敵人直逼王宮階前。他的從容不迫卻令蠻族感到不安，以爲宮內必有埋伏。因此蠻族首領不但沒有進攻，反而集結部眾鳴金收兵。

大王於是說道：

「瞧瞧，實力滿盈的蠻族卻懼怕空虛。」

這讓我想起法國中古世紀的一則故事。

69 犧牲之犢

有一座固若金湯的城池已遭圍困數月，所有的糧食皆已罄空，只剩一頭小牛供三、四百人分食。居民們筋疲力竭陷入絕望，便去求見女領主希望她投降。城主不僅沒有答應，還命人殺了最後這頭小牛，從城牆上方丟入敵營。

敵軍接獲這頭畜生後，心想：

「再圍困下去也沒有用，他們竟能如此輕易丟出一頭小牛，可見得他們的食糧仍十分充足！」

這兩個故事告訴我們：絕對不能放棄希望。只要還有一丁點意識，只要還有此可能，就不是全然無望。只要我們還保有一點什麼，儘管微乎其微，就不能說是身陷絕境…還沒有到此地步！

我記得有個年輕人跟我說過：「我的伴侶四十歲，我三十歲。她認爲她五十歲的時候，我會拋棄她，所以她現在想離開我。」這名女子想毀掉當下的幸福、放棄十年的同居生活，藉口是：十年後，這樣的生活不可能繼續。

我們一面想著未來一面破壞現在，委實荒謬。爲了未來，爲了考慮到在不可知的將來，進展可能不順利，我們曾經放棄過多少事情？我們心想：「既然將來會失去一切，倒不如現在馬上放棄！…既然遲早會死，又何必活著？…」但是我們對未來知道多少？我們對自己將來可能經歷、可能以非常快樂的心情迎接的美妙時刻，又知道多少？…

70 夜鶯

中國有一位君王某天聽到夜鶯啼叫，深感其啼聲之美，便敕封爲皇鳥，並命人捕捉入宮。

鳥兒抓來以後，君王便將牠關進一個華麗的金籠子，餵以最上等精緻的食物，並請來全國最好的樂師陪伴牠。然而，儘管受到小心翼翼的呵護，夜鶯卻不再啼唱，精力日漸衰竭，一星期後就死了。

對君主有益的事物對鳥兒不一定好。我們應該學會說每個人的語言。這位君主只看見自己覺得好的東西，就硬加到所有人身上。

同樣地，有些人自以爲把最好的給了自己的孩子或朋友，卻因爲他們沒有設身處地去想，結果「鳥兒」死了。

71 會作曲的鸚鵡

有個人從一家商店前面經過，看見兩隻等著出售的鸚鵡關在同一個籠內。其中一隻非常美麗，啼聲也很動聽，另一隻卻是又難看又不會叫。頭一隻的售價是五十元，另一隻卻高達三千。

此人見到價格的差異感到十分驚訝，便對店家說：

「我要買五十元那隻鸚鵡！」

「不行的，先生。」店家回答說：「這兩隻鳥不能分開賣。」

「這是……爲什麼呀？你倒是說說看，爲什麼價格差這麼多！比較醜的那隻竟然比漂亮的那隻貴那麼多，何況牠還不會叫。太荒謬了。」

「這位先生，您有所不知！您覺得醜的那隻鸚鵡可是個作曲家呢。」

我們要懂得分辨本質與表象。我們多半活在表象當中，有些表象會令人感到不可思議，但是在表象背後卻有一隻會作曲的鸚鵡：本質。

這種本質肉眼難以得見。我們得懂得去重視他人內在的那隻鸚鵡。能夠懂得分辨兩者是件好事。

72 海鳥

有幾個小孩在海邊和海鳥一塊玩耍。海鳥毫不懼怕地停在孩子們的手臂上，孩子也跟著海鳥一塊手舞足蹈。

晚上，孩子們回家之後，父親對他們說：

「我知道你們剛才和海鳥一起玩耍。明天你們抓幾隻來，讓我也可以跟牠們一起玩。」

第二天，當孩子們到達水邊，卻連一隻海鳥也不飛近他們身邊，只是遠遠地在空中翱翔。

鳥兒感應到了人類想佔有牠們。有些事物或許很美好，但我們一旦企圖佔爲己有，這些事物便會失去魔力而不再屬於我們。矛盾地來說，也只有當我們無法觸及、無法擁有的時候，這些事物才眞正屬於我們。

73 醋的滋味

在一幅道家畫作中，有三個人圍坐在一罈醋旁正在品嚐。

第一人覺得醋是苦的，皺起了眉頭。第二人覺得醋太酸，也面露嫌惡，第三人卻是笑逐顏開，他覺得醋的味道好極了。

有人說那罈醋是人生，那三個人則是孔子、佛祖和老子。

第一人是孔子，他認爲人生很可怕，因此必須創建禮法方能承受。

第二人是佛祖，他說人生苦澀，人難逃一死，世事皆苦，必須修行才能解脫。

第三人是老子，他是個生性樂觀、順其自然的人。他說：「人生如何？端賴我們的觀點而定。我每天的生活都很美妙，因爲這是我所創造。我就是人生。」

品醋是一幅十分強有力的圖像，但重點在於是否能確實品嚐，亦即是否能確實品嚐人生。這讓我們對人世能有更開闊的看法。而這也正是我們最艱難的一項功課。

這個世界充滿致命的疾病和污染，甚至可能自行毀滅，我們該如何活在這種種可怕的威脅之中？

「就與威脅同步吧：若有病毒，我即是抗體；若有動亂，我即是安寧；若有戰爭，我即是和平。我不是『來自他處』的贅物。我是這世界的一部份。」

如果我有美好的感覺，這世上便有美好的感覺。我所實現的一切重要成就，都屬於全人類。

如果我點亮了美之燈，世界的某個角落便有美的存在。「一朵花綻放之際，處處是春天。」

佛教的故事

74 背筏

有一個人舉步維艱地沿著河岸走。他發現對岸的路平順得多，但河上沒有橋所以過不去。他撿了幾根蘆葦做成筏子，然後渡了河。到達對岸之後，他卻捨不得丟棄筏子，便將它背到背上去。結果他比原先過河之前走得更慢、更辛苦。

有時候，在我們到達目的地之後，最好能放掉一些原先對我們有助益的東

西。這個時候就該做選擇，就該對自己說：「我現在還背負著哪些債？我背棄了多少孩子？我偷過誰的東西？我得罪過誰？我還欠誰的錢？」

爲了能夠進入一個新狀態，你就得認清自己的處境，償清所有負債。

「我的孩子死了，我卻什麼也沒做。從某方面來說，他的自殺是我造成的。我該如何彌補這番罪孽呢？」

「很簡單。你沒有爲自己孩子做的事，去爲別人的孩子做吧。如果你曾經虐待過孩子，現在就去爲所有受虐兒童做點事吧！」

我們並非一定要把債還給債權人，更何況受到傷害的人很可能已經無法接受我們的補償。但我們可以在其他地方償還給其他人。最重要的還是付出。

「我並未眞正原諒我的雙親。」

「幫助另一個人原諒他的雙親！努力做到這一點！」

從開始付出的那一刻起，你便能放下原來的你變成另外一個人，而無須將債筏負在背上。

75 開釋

後來成爲偉大的密勒日巴(Milarépa)尊者之師的瑪爾巴(Marpa)，在求取佛法期間，有一天在路上遇見一位背負著重擔的老者。他靈感乍現，覺得自己修行之鑰就在這老者身上。於是他便向老者呼喚道：

「請問大師……何謂悟道？」

老人停下腳步，一言不發地將袋子放到地上。緊盯著老者一舉一動的瑪爾巴，點點頭說：

「我終於明白什麼叫悟道了。多謝。但是接下來呢？」

老人依然沒有答話，只是拿起袋子放回背上，重新啓程上路。

老者的意思是說：「你背著一袋子的憂慮。你滿腦子想的都是過去。如果你想開悟，就要放下這個事實。」

「然後呢？…」

「然後繼續活在現實當中。要有自覺。那麼你就會知道自己所背負的是什麼樣的袋子，而背負著它也將不再是宿命而是一種選擇。從此刻起，你便能隨心所欲地操控你的袋子，現實也將恢復原貌，而不再是投射。」

同樣地，假如你在家裡或其他地方有過可怕的經歷，你也要意識到這場悲劇如同一只袋子，最好能夠認清其性質，方才得以解脫。脫離投射的陷阱之後，你將會發覺到人生其實沒有那麼悲慘，而且如果我們懂得操控，甚至可以擁有美好的人生。

76 佛祖與妓女

有一名妓女愛上了佛祖。有一天她進入佛寺，穿過群僧打坐的大殿走到佛祖跟前，當著佛祖與所有在場僧人的面脱光衣服。

「你想要我嗎？」佛祖問她。

女人點點頭。佛祖便摟住她的腰，將她拉往佛寺附近的湖邊。到了以後，佛祖忽然一把將她推入冰冷的水中。妓女的滿腔熱情立刻化爲烏有。佛祖伸出手去，穩穩地扶著她上岸，然後說道：「現在，我們一同去靜坐吧！」

另外一則故事也有異曲同工之妙。

77 僧人的慾念

有一位上了年紀的婦女幾年來一直供養著一位年輕的僧人，供給他一切所需。僧人成日靜坐冥想，老婦人也希望能見到他悟道。

有一天，有個親戚來拜訪老婦人，是個年輕妓女。老婦人請她到花園裡去和正在打坐的僧人打個招呼。這名年輕女子便帶著滿身紫羅蘭的醉人香味，婀娜多姿地走向僧人，身後還引來一群戀戀不捨的雄蝶。僧人一聞到妓女的香味立刻分心。他紅著臉驚恐地大喊：

「你這低賤的女人，到這裡來做什麼？你的出現玷污了這方聖地！趕快回去吧！」

妓女聽了羞愧不已，淚流滿面地逃開來，找到老婦人對她說：

「聖僧把我趕出來！我是個可恥的人！我不潔之身玷污了他。」

供養僧人的老婦聽到這席話，臉色發白：「什麼，這也叫聖者！」她頓時怒不可抑，抓過一根蠟燭，奔向花園深處，一把火將寺院燒了。

「你這好吃懶做的傢伙，滾吧！」她對著驚愕不知所措的僧人大吼道：「沒想到這十幾年來我竟供養了一隻豬。你馬上走，再也別讓我見到你！」

在前一則故事中，佛祖面對他人的目光不驚不擾，面對女子的目光也同樣不爲所動。他絲毫不受影響。他予以吸收。既然事不關己，別人對他的慾望又有何干？他沒有因爲妓女內心對自己產生慾望而拒絕她。他將她投入水中讓她「冷靜」一下，也讓她明白他們之間的關係屬於另一個層面。他邀她一同靜坐。女子的慾望沒有觸怒他。他視之爲一種尊崇。

在第二則故事中，年輕僧人卻是立刻就被慾念所佔據。他反應激烈的程度恰與他壓抑天性的程度成正比。供養他的婦人便是爲此燒了寺院、罵他是豬並將他趕走。假如他不是對妓女充滿慾望，便不會如此待她，而會像佛祖一樣親切接納她，視她爲一般人而非妓女。

78 眞理的力量

有一名武士迎戰一頭刀槍不入的怪獸。他射出的箭只不過像蚊子叮了一口，擲出的矛斷了，怪獸仍毫髮無傷，砍出的斧頭由於撞擊力道太大而解體，刺出的劍更是碎片紛飛。儘管他拳打腳踢、拿頭去撞，怪獸一點感覺也沒有，根本傷不了牠分毫。可怕的怪獸將武士高高舉起，並對他說：

「你戰敗了。我要吃掉你。」

「別得意得太早。等我進了你的肚子，就把你毒死。」

「你要用什麼毒死我？」怪獸問道。

「用眞理。」

武士的姿態有很深遠的含意，他的意思是：「我永遠不會被打敗。即使怪獸殺了我，也不算將我打敗，因爲我投靠了眞理。眞理將會有所行動。」

如果你認爲你的一生是一連串的「死亡」與「重生」，並不斷地從一個意識層面過渡到另一個意識層面，此外如果你還認爲自己此時此刻的奮鬥是爲了讓下一個人生更美滿，那麼你便會持續不斷地努力，直到最後一刻你都不會絕望。你不會放棄，不會懷疑。

79 空船

在中國的某個海港，許多船隻正等著出航，每艘船上都載滿了珠寶、絲綢與其他貴重商品。租下這些船的商人爲了能將這些寶物運回自己國家，個個興高采烈。臨行前，有人警告他們海上有暴風雨即將來臨，他們的船載貨太重恐怕無法抵擋。商人們卻不當一回事，還是決定立刻出發。其中只有一人將船上的貨卸下，空著船出海。後來果然颳起狂風暴雨，太沈太重的船全部覆沒，只有那艘空船仍漂浮在水面上，並救起了所有遇難的人。

這則故事取自中國人敘述的佛祖的生平事跡。

在難題中掙扎奮鬥的人便有如那些載貨太重的船隻。如果你也是一艘滿載貨物的船，那麼你對其他船隻將毫無用處。但假如你用功修行，將內在抽空，你便能搭救他人。否則當暴風雨來臨，當難題洶湧而來，你將無法面對。一切治療，一切業務，不管是餐廳生意或辦公室的工作，全都完了，你將停止活動，淹沒在痛苦之中。

你要懂得卸下貨物。滿載的船是無法救起他人的。

80 金壺

有一位大師住在市場附近。他有一只金壺遠近馳名。有一天，有個竊賊聞名而來，假裝成弟子來求見大師。所有的僧人都在靜坐，這個居心不良的人也加入其中。過了一會，大師無意中見到他對著金壺流露出貪婪眼神，便一把抓起金壺說道：「喔，原來是這個把你引來的！」大師走到窗邊，把金壺拋入湧向市場的人潮中，然後問道：

「現在你還想要什麼呢？」

如果你貪欲的目標不見了，如果再也沒有金壺可以覬覦，如果你再無一物可偷、無一物可得，如果一切都給了你，你會怎麼樣呢？你會如何安排你的人生？到那時候，你也就只剩修行的功課了。

佛祖、基督等人沒有什麼不能傳人的知識，也沒有什麼要隱匿的金壺。知識是神的，誰也不能從我們這兒偷走。

我們沒有什麼觀念需要隱匿。他人的「天賦」我們可以模仿，卻偷不來。蘋果樹上結蘋果，玫瑰叢中綻玫瑰。

81 佛祖之子

佛祖的一位友人再婚，心存妒忌的婢女容不下新來的女主人，便處處刁難。佛祖應友人之請前來，試圖和婢女說說理。但他的話絲毫起不了作用，婢女一句也聽不進去。佛祖便去見友人，告訴他：

「你的婢女聽不進我說的話，我還是叫我兒子來吧。他的話，她會聽的。」

果不其然，這個年輕人和婢女見面之後，果眞說服了她。

佛祖懂得讓位。

有時候，當我們試圖幫助某人卻毫無成果時，就應該有最起碼的自知之明，把位子讓給其他較有勝算的人。也就是說我們要分工合作。我們做不了的事，就把機會讓給別人去達成，不要自己無法實踐還緊抓住不放。神聖的工作並非由一人獨力完成。

尾聲…

82 最鍾愛的三個兒子

從前有一個人打了一枚很美的金戒指，想傳給最有出息的兒子，不管年紀大小，都讓他繼承家業。這個將戒指傳給自己最鍾愛的兒子的傳統，便世代傳了下來。

但是，後來卻有一個父親不願遵守這項傳統。他生了三個兒子，鍾愛的程度不相上下。他實在無法從中選出一人，因此不知該如何處置戒指。他私下對每個兒子都說會把戒指傳給他。

他知道自己來日無多，便做了一個戒指的模子，然後將戒指熔化，再加入一些貴金屬，依照原來的樣式做出三個一模一樣的戒指。他在臨終前各交給每個兒子一枚戒指，以致於在他死後，三個兒子都要求繼承家業。於是他們告上法庭，求法官爲他們主持公道，法官對他們說：

「別再自私地爭鬥不休了！你們每個人都想犧牲別人，獨自繼承一切。你們的父親是不是厭倦了這種慣例呢？他是不是希望你們學會分享，而不要只想著：『眞理只屬於我一個人』呢？」

也許神對回教徒、猶太人與基督徒都一視同仁，也許他各給了他們一枚戒指，是不是呢？也許這三個教派得學著分享吧？這三者其實都一樣。三者都是眞理。三者都是傳統！當他們終於懂得分享的那天到來，猶太人、基督徒和回教徒便能夠相處得和樂融融，宗教的戰爭也將會停息。這點我絕對相信。我確信終將會有這麼一天。不可能會是其他的結果，否則就表示我們根本不是人。

我對人類抱著絕對的希望。我堅信人類定能將這個星球變成天堂。我有信心，最重要的是我能確知。對我而言，這是毫無疑問的事。人類將會自我實現。

我相信物質的世界將會開啓，使人的靈性得以綻放，就像花瓶孕育蓮花一般。我們將活在一座花園裡。戰爭將會停息。地球不會毀滅。我們的子孫將會一代比一代更好。疾病將會消失無蹤。人將會呈現眞實的一面。我有信心。

國家圖書館出版品預行編目資料

傻瓜的幸福與智慧／尤杜洛斯基
(Alenjandro Jodorowsky) 著；
顏湘如譯.-- 初版.
-- 臺北市：大塊文化，2004 [民 93]
面； 公分. -- (Smile；57)
譯自：La Sagesse des Contes
ISBN 986-7600-33-9（平裝）

885.8159 92023735

105 台北市南京東路四段25號11樓

廣 告 回 信
台灣北區郵政管理局登記證
北台字第10227號

大塊文化出版股份有限公司　收

地址：□□□ ＿＿＿＿＿市／縣＿＿＿＿＿鄉／鎮／市／區
＿＿＿＿＿路／街＿＿＿段＿＿＿巷＿＿＿弄＿＿＿號＿＿＿樓
姓名：

請沿虛線撕下後對折裝訂寄回，謝謝！

大塊 LOCUS 文化

編號：SM 057　書名：傻瓜的幸福與智慧

大塊 LOCUS 文化 讀者回函卡

謝謝您購買這本書，爲了加強對您的服務，請您詳細填寫本卡各欄，寄回大塊出版 (免附回郵) 即可不定期收到本公司最新的出版資訊。

姓名：__________ **身分證字號**：__________

住址：__________

聯絡電話：(O)__________ (H)__________

出生日期：____年____月____日 E-mail: __________

學歷：1.□高中及高中以下 2.□專科與大學 3.□研究所以上

職業：1.□學生 2.□資訊業 3.□工 4.□商 5.□服務業 6.□軍警公教 7.□自由業及專業 8.□其他______

從何處得知本書：1.□逛書店 2.□報紙廣告 3.□雜誌廣告 4.□新聞報導 5.□親友介紹 6.□公車廣告 7.□廣播節目8.□書訊 9.□廣告信函 10.□其他______

您購買過我們那些系列的書：

1.□Touch系列 2.□Mark系列 3.□Smile系列 4.□Catch系列
5.□tomorrow系列 6.□幾米系列 7.□from系列 8.□to系列

閱讀嗜好：

1.□財經 2.□企管 3.□心理 4.□勵志 5.□社會人文 6.□自然科學
7.□傳記 8.□音樂藝術 9.□文學 10.□保健 11.□漫畫 12.□其他____

對我們的建議：__________

____

____

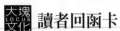

LOCUS

LOCUS

LOCUS

LOCUS